COMER UM PEDAÇO DE PIZZA OU MORAR NA LUA

IBENILSON ANTONIO DA SILVA

COMER UM PEDAÇO DE PIZZA OU MORAR NA LUA

L·G·E EDITORA

Brasília, 2010

LGE Editora Ltda.
SIA Trecho 03 Lote 1760
CEP 71200-030 – Brasília-DF
Tel.: 61 3362-0008 – Fax: 61 3233-3771
lgeeditora@lgeeditora.com.br
www.lgeeditora.com.br • www.lojalge.com.br

Editor
Antonio Carlos A. Navarro

Revisora
Ana Cristina Vilela

Capa Diagramação
Samuel Tabosa de Castro

Impressão e acabamento
LGE Editora Ltda.

Dados Internacionais de Catalogação na Publicação (CIP)

---

da Silva, Ibenilson Antonio.
Comer um pedaço de pizza ou morar na lua. Ibenilson Antonio da Silva. – Brasília: LGE, 2010.
100 p. 21 cm.

ISBN 978-85-7238-458-2

1. Crônicas. 2 Literatura Brasileira. I. Título.

CDU 82-34

Contato com o autor
ibenilson@hotmail.com

A Deus, por tudo.
À minha mãe, eterna luz.
À minha esposa Simonete, pela paciência.
Às minhas filhas Menic e Menieny.
Aos meus irmãos Iremar, Iranilton e Ivanilton.
Aos leitores desta obra. Que ela sirva de alerta e seja fonte de pesquisa e de estímulo para aqueles que buscam seus direitos.
Agradecimento especial ao Marco Aurélio, do Pedacinho Pizzas, pela confiança e apoio.

Em respeito às pessoas e às empresas envolvidas nos casos, todos os nomes que aparecem neste livro, bem como os números dos respectivos documentos de identificação, são fictícios.

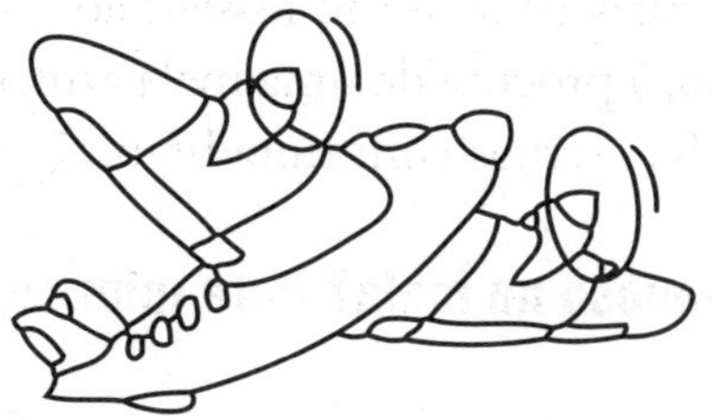

No mês de dezembro de mil novecentos e oitenta e nove, viajava de avião da cidade de Corumbá, no Mato Grosso, para o Rio de Janeiro. Quando cheguei ao aeroporto de Guarulhos, em São Paulo, o piloto informou que os passageiros com destino ao Rio de Janeiro fariam uma conexão. Saí de um avião e embarquei em outro da empresa "T. B. Transportes Aéreos".

Pouco tempo depois, estava na sala de desembarque do Aeroporto Internacional do Galeão, no Rio, e, aguardando minhas três malas, observava a esteira de bagagens. Os outros passageiros retiravam as deles e, aos poucos, eu ficava sozinho na sala. O tempo passou, a esteira ficou vazia, a sala de desembarque também. E eu ali parado, de frente para a esteira, aguardando a terceira mala, que, para a minha surpresa, não apareceu. Não acreditei!

– E aí, o que fazer? – me perguntei.

Desinformação total. Olhei para um lado, olhei para o outro, eu era o único passageiro naquela sala. De repente, avistei um cidadão de terno azul com um crachá da "T. B. Transportes Aéreos" pendurado ao pescoço. Imediatamente, fui ao seu encontro e expliquei o que aconteceu. Quando percebi, apareceram mais dois seguranças e, acompanhado pelos três, finalmente cheguei a uma pequena sala.

Pediram-me para sentar, o que atendi prontamente. Em seguida, um deles começou a me fazer perguntas e a preencher um formulário. Pensei comigo:

– Não seria mais eficiente se fossem ao setor de bagagem e vasculhassem tudo, à procura de uma mala azul, com as iniciais do meu nome, I. A. S., escritas com tinta branca, em letras enormes?

O que havia de valioso na mala? Para mim, tudo. E por quê?

No mês de fevereiro de mil novecentos e oitenta e oito, devido ao meu trabalho, fui morar no Forte de Coimbra, uma ilha no Pantanal, no Mato Grosso do Sul. O lugar é uma das poucas elevações existentes naquela área, onde prevalece a planície e na qual o único meio de transporte utilizado é o barco durante o período da cheia do Rio Paraguai, de outubro a março. Corumbá é a cidade mais próxima. Para chegar lá, partindo do Forte de Coimbra, são seis horas de barco, rio acima até a estrada. Depois, são mais duas horas de ônibus.

E justamente na mala extraviada estava o registro de tudo o que vivi na época, assim como um diário com fotos e cartas trocadas entre mim e minha namorada, que tinha ficado no Rio de Janeiro, e com quem me encontrava somente durante as férias de dezembro.

Enquanto me lembrava de tudo isso, seguia a burocracia de perguntas e respostas, que teve o seguinte desfecho:

– Procuraremos sua mala e, no prazo de duas semanas, se não a encontrarmos, a empresa vai indenizá-lo pelo peso aproximado da mala, independentemente dos pertences que continha. Cumprimos normas do transporte aéreo, conforme consta no verso do bilhete da passagem.

Na verdade, o funcionário da empresa se referia ao artigo 262 do Código Brasileiro de Aeronáutica – Lei nº 7.565, de 19 de dezembro de 1986. No caso de atraso, perda, destruição ou avaria de carga, ocorrida durante a execução do contrato do transporte aéreo, a responsabilidade do transportador limita-se ao valor correspondente a três Obrigações do Tesouro Nacional (OTN) por quilo, salvo declaração especial de valor feita pelo expedidor e mediante o pagamento de taxa suplementar, se for o caso (artigos 239, 241 e 244).

O cidadão muitas vezes peca por não ler os documentos que recebe, assinando-os antes de saber o conteúdo. Não que isso tivesse evitado o extravio da minha mala, por exemplo, mas eu teria me precavido e colocado o que havia de importante na bagagem de mão.

Diante da situação e acreditando que iriam encontrar a mala, assinei o formulário. Todo dia, eu ligava para a empresa na esperança de receber uma boa notícia. Não obtive sucesso. O prazo expirou e o que me restou foi receber da "T. B. Transportes Aéreos" a indenização de NCz$ 350,00 (trezentos e cinquenta cruzados novos), valor proporcional ao peso da mala.

Cinco anos depois, estava assistindo ao jornal da tarde na TV, quando a repórter informou que uma empresa de transporte aéreo de passageiros tinha sido condenada a pagar uma indenização por danos morais no valor de R$ 5.000,00 (cinco mil reais) a um passageiro que teve a mala extraviada no Aeroporto Internacional do Rio de Janeiro no mesmo mês e ano em que a minha também havia sumido. A situação era parecida, inclusive a argumentação usada pelo passageiro foi fundamentada na principal perda: diversas fotografias. Esse passageiro buscou seus direitos de cidadão. Levou tempo, mas foi vitorioso. Acreditou na Justiça brasileira.

A notícia trouxe-me duas reações: a primeira, a felicidade por aquele passageiro ter conseguido a vitória, apesar da demora; a segunda, a raiva, por não ter feito o mesmo, ou seja, ter brigado pelos meus direitos de cidadão.

Isso me marcou muito. Não a diferença entre a quantia que eu recebi e a que o outro recebeu, mas a situação de impotência pela qual passamos diante de algumas adversidades que a vida nos revela, fruto da desinformação. Devemos, sempre, buscar nossos direitos. A desinformação, à época do ocorrido, fez com que eu me contentasse com a quantia recebida, singular diante da real perda.

Em julho de dois mil, em comemoração aos dez anos de casados – lembra-se da namorada que mencionei no capítulo anterior? Nos casamos em julho de mil novecentos e noventa –, comprei um par de alianças no *stand* de vendas da "Muito Brilho Jóias", dentro do "Supermercado Boas Compras," na Barra da Tijuca, Rio de Janeiro. O valor foi dividido em doze parcelas sem juros.

Menos de um ano depois, no dia treze de fevereiro de dois mil e um, as alianças ficaram com manchas esbranquiçadas. Na esperança de ser apenas uma impureza qualquer, passei um pano com pasta de polir. Não consegui remover as manchas.

– Tenho que ir à loja para resolver o problema – pensei.

Mas o caso não era tão simples e, pior ainda, exigia uma solução rápida, porque estávamos de malas prontas, de mudança para Brasília, no Distrito Federal. O que isso tem a ver com as alianças? Como é regra, você precisa de um documento que comprove a compra do objeto em questão. E em qual mala estava o carnê com a nota fiscal? Desespero...

O caminhão tinha levado a mudança no dia doze e não podíamos atrasar nossa saída, pois teríamos que receber a chave do apartamento em Brasília. Unido a isso, ainda por cima passou a existir a frustração de ver o presente, símbolo dos dez anos de casamento, deixar de ser uma joia. O planejamento que tínhamos feito era viajarmos de carro com nossas duas filhas no dia catorze e o problema ocorreu na manhã do dia treze.

Minha esposa tinha se lembrado de deixar a pasta de documentos nas malas que levaríamos pessoalmente, ou seja, havia uma esperança. Fomos procurar e conseguimos encontrar o carnê de pagamento e a nota fiscal. Mais que depressa, fomos para o supermercado. Antes que eu me esqueça: estávamos na casa do meu sogro, no bairro de Santa Cruz, subúrbio do RJ, e a Barra da Tijuca fica, aproximadamente, a quarenta minutos de carro.

No supermercado, fomos direto ao balcão de atendimento ao cliente e explicamos a situação, principalmente que estávamos de mudança para Brasília. Resolvemos o problema da melhor maneira possível. Entregamos as alianças, cancelaram a compra e restituíram as parcelas que pagamos.

No dia quinze de fevereiro de dois mil e um, meu domicílio passou a ser Brasília, onde, em uma manhã de domingo do mês de março, ficamos sabendo, por meio de vizinhos, que existia o "Supermercado Boas Compras" na capital federal. Possuíamos o cartão do supermercado e, por essa praticidade, fomos às compras do mês.

Após passarmos mais de duas horas circulando pelo supermercado e de enchermos dois carrinhos, nos dirigimos para o caixa. Na hora de efetuarmos o pagamento, o cartão da loja não passou. Fui, então, ao setor de atendimento ao cliente para saber o que estava ocorrendo e soube que o cartão estava bloqueado por causa de um débito em uma filial carioca. Fiquei surpreso. Expliquei tudo o que aconteceu no Rio de Janeiro e disse que havia um engano. Meus argumentos foram em vão.

Fiquei atordoado com a vergonha que estava passando na frente das minhas filhas. Procurei o telefone público mais próximo e liguei para o 190, na esperança de a Polícia Militar comparecer e lavrar a ocorrência. Após o meu relato, o policial informou que não se tratava de uma ocorrência para deslocamento de uma viatura até o local. Pensei em pegar duas testemunhas, mas já era tarde, os clientes que estavam atrás de mim tinham ido embora. E numa hora dessas, você é o caloteiro. O cara que não honra seus compromissos. Liguei para o telefone da "Causa Ganha Advogados Associados", da qual sou associado, mas também não obtive sucesso. A funcionária explicou que a situação não se enquadrava como emergência, não podendo, portanto, enviar um advogado. Perguntei:

– O que vocês classificam como emergência?

– Caso o senhor estivesse em uma delegacia, por exemplo.

– Então, como ficará configurada a vergonha que estou passando, ou melhor, vou lá e começo a quebrar as coisas para chamar a atenção, para ser preso, e aí ser atendido?

– Desculpe, senhor, são as informações que posso lhe passar no momento.

Voltamos para casa de mãos fazias, pois não basta dizer que pagou algo: tem que provar. E eu precisava das compras, pois não tinha nada dentro de casa. Ao chegar ao apartamento, não perdi tempo, tratei de procurar os comprovantes do cancelamento da compra das alianças. Era uma questão de honra. Além de ter passado vergonha na frente das minhas filhas, necessitava das compras.

Juntei toda a papelada e em seguida voltei ao supermercado

No balcão de atendimento ao cliente, aguardei ser atendido pela mesma pessoa. Mostrei os comprovantes. Mas não foi o suficiente para liberarem o cartão naquele momento. A funcionária informou que enviaria uma cópia da documentação para a cidade de São Paulo, onde fica a cede da administradora dos cartões do "Supermercado Boas Compras".

No intuito de ter a situação normalizada o quanto antes, às oito horas da manhã de segunda-feira, com o número que consegui no balcão de atendimento ao cliente, liguei para a sede da administradora em São Paulo e passei todas as informações necessárias. Pediram que eu aguardasse e me disseram que em breve solucionariam o problema. Foi o que fiz: aguardei.

Duas semanas depois, ao abrir minha caixa de correspondências deparei-me com uma carta informando a inclusão do meu nome no Serviço de Proteção ao Crédito (SPC) do Estado de São Paulo.

Todas as oportunidades tinham sido oferecidas à empresa para que o engano fosse corrigido. O recebimento da carta destruiu qualquer possibilidade de um novo diálogo. Como costumo dizer, tinham acabado o namoro, os beijos, os abraços e a troca de carinho. Restava a briga.

Pois bem, não tinha acabado! Com muita calma – realmente tem que ter muita calma nessa hora –, comecei a pôr no papel, a escrever, uma cronologia dos fatos. Tudo o que tinha ocorrido. É necessário ter paciência para poder escrever e, principalmente, para esperar que alguém leia e entenda. Depois de tudo escrito, juntei a documentação e levei ao escritório da "Causa Ganha Advogados Associados".

A advogada recebeu a documentação e disse que iria analisar a situação para saber se caberia uma ação. Acredite se quiser! Mesmo com todo o relato e a documentação anexa, ainda tive que ouvir isso.

Passaram-se quinze dias e não tive retorno da advogada. Por telefone, ela me disse que tinha analisado a documentação e que não cabia pedido de indenização pelo constrangimento sofrido.

Olha o calvário. Procurei saber quem era o superior da advogada e descobri que a matriz do escritório funcionava na cidade de São Paulo, onde existia uma Ouvidoria para tratar de reclamações. Liguei, expliquei o que estava acontecendo e contei do descaso da advogada. Foi indicado outro advogado.

E finalmente consegui entrar com a ação de danos morais contra o "Supermercado Boas Compras".

Diante dos fatos, busquei manter-me informado. Comprei um livro, que, em minha opinião, deve ser usado como se fosse carteira de identidade, sempre à mão: a Lei nº 8.078, de 11 de setembro de 1990 – Código de Proteção e Defesa do Consumidor; em seguida, a Lei nº 9.099, de 26 de setembro de 1995, a qual dispõe sobre os Juizados Especiais Cíveis e Criminais e dá outras providências.

Depois de ler as leis, coloquei na cabeça que, pela humilhação sofrida, deveria receber quarenta salários-mínimos de indenização(Lei nº 9.099, art. 9º – nas causas de valor até vinte salários-mínimos, as partes comparecerão pessoalmente, podendo ser assistidas por advogado; nas de valor superior, a assistência é obrigatória). Com esse pensamento, procurei o Juizado. Dias depois, comparecia à Audiência de Conciliação.

Lá, tive outra frustração. O advogado que foi indicado pela "Causa Ganha Advogados Associados" não compareceu e o substituto, que não tinha conhecimento do processo, chegou faltando poucos minutos para começar a audiência.

Nesta audiência reúnem-se as partes requerentes – no caso, eu e a requerida, com um preposto (representante) do "Supermercado Boas Compras". O objetivo é as partes chegarem a um acordo e, caso isso ocorra, dá-se por encerrado o processo. Caso não cheguem a um acordo, é agendada nova data para a Audiência de Instrução e Julgamento.

A audiência foi iniciada

O advogado representante do "Supermercado Boas Compras" teve a palavra e, admitindo o erro do seu cliente, ofereceu a quantia de R$ 2.000,00 (dois mil reais) para cobrir os danos causados. Não aceitei. À época, o valor do salário-mínimo era de R$ 180,00 (cento e oitenta reais), que, multiplicado por quarenta, daria R$ 7.200,00 (sete mil e duzentos reais) – valor ao qual eu considerava ter direito. O meu advogado pediu-me que aceitasse a oferta, pois, segundo o seu conhecimento, os juízes em Brasília sempre julgam como indenização por danos morais a quantia de, no máximo, dez salários-mínimos. Mesmo assim, recusei a quantia.

Abaixo, o texto da Audiência de Conciliação, que segue um modelo, conforme constatado nos processos que participei. Por isso, nesta obra, a título de conhecimento, faço a transcrição da audiência apenas deste processo.

PODER JUDICIÁRIO
JUSTIÇA DO DISTRITO FEDERAL

SEGUNDO JUIZADO ESPECIAL CÍVEL DA CIRCUNSCRICÃO JUDICIARIA DE BRASÍLIA

Processo n. 2001.01.1.00000-4 Obrigação de Fazer
Parte requerente: Ibenilson Antonio da Silva, CPF n. 800.000.800-46
Adv. Parte requerente: Dr. Delly Chalon da Silva – OAB/DF n. 15360
Parte requerida: "Supermercado Boas Compras Ltda", CGC n. 00.545.123/0001-71
Preposto da parte requerida: Rosana Célia dos Santos CI n. 19730736-SSP/GO
Adv. Parte requerida: Dr. Faérgio Pitombas Costa – OAB/DF n. 369057

ATA DE AUDIÊNCIA DE CONCILIAÇÃO

Aberta a audiência de conciliação nos autos da ação em referência, na sala de audiência de conciliação deste Juízo, presente o Conciliador Fernado Jorge Velasques COMPARECERAM AMBAS AS PARTES.

Iniciada a audiência, a tentativa de conciliação mostrou-se infrutífera.

Assim, designo AUDIÊNCIA DE INSTRUÇÃO E JULGAMENTO para o dia 24/07/2001 às 14:00 horas, na sala de audiências do 2º Juizado Especial Cível de Brasília, ficando, desde já, intimadas as partes, as quais deverão comparecer pessoalmente, ainda que assistidas por advogados, sob pena de extinção do feito por desídia ou julgamento antecipado da lide, em face da revelia do réu, nos termos do art. 9º e 20, respectivamente, da Lei nº 9.099/95.

Todos os documentos tendentes à demonstração os fatos delineados na inicial, bem assim a peça de defesa e respectivos documentos, deverão ser juntados aos autos na data da assentada instrutória acima designada (art. 33 da Lei 9.099/95).

A parte que desejar produzir a prova oral poderá nesta audiência de conciliação apresentar o rol, no limite de 03 (três) testemunhas, e havendo necessidade de intimação os endereços deverão ser apresentados na secretaria da vara com antecedência de 05 (cinco) dias da data de audiência de instrução e julgamento acima designada (art. 34, § 1º da Lei 9.099/95).

Ficam as partes intimadas que deverão vir acompanhadas de seus respectivos advogados, quando o valor da causa ultrapassar 20 (vinte) salários mínimos.

Por fim, ressalto a entrega às partes desta certidão lançada na presente assentada.

Brasília – DF, segunda-feira, 01 de julho de 2001 às 15h22.

Conciliador: FERNADO JORGE VELASQUES
Requerente: IBENILSON ANTONIO DA SILVA
Requerida: SUPERMERCADO BOAS COMPRAS LTDA

Quanto à Audiência de Instrução e Julgamento, o Juiz, ouvidas as partes e analisados os autos do processo, julga, proferindo a sentença, que, obviamente, está ligada a cada processo. Não sou graduado em Direito, o que está escrito é o meu entendimento. Veja abaixo a decisão.

PODER JUDICIÁRIO
JUSTIÇA DO DISTRITO FEDERAL

SEGUNDO JUIZADO ESPECIAL CÍVEL DA CIRCUNSCRICÃO JUDICIARIA DE BRASÍLIA

Processo n. 2001.01.1.00000-4 Obrigação de Fazer
Parte requerente: Ibenilson Antonio da Silva, CPF n. 800.000.800-46
Adv. Parte requerente: Dr. Delly Chalon da Silva – OAB/DF n. 15360
Parte requerida: "Supermercado Boas Compras Ltda", CGC n. 00.545.123/0001-71
Preposto da parte requerida: Rosana Célia dos Santos CI n. 19730736-SSP/GO
Adv. Parte requerida: Dr. Faérgio Pitombas Costa – OAB/DF n. 369057

ATA DE AUDIÊNCIA DE INSTRUÇÃO E JULGAMENTO

Aos 24 de julho de 2001, às 14h00min, em Brasília-DF, na sala de audiência do Juizado Especial Cível de Brasília, presente o MM Juiz de Direito Substituto, CARLOS CAVALCANTE DE SA, foi aberta a audiência de instrução e julgamento nos autos da ação supramencionada. Feito o pregão, a ele responderam ambas as partes, assistidas por seus advogados. Pelo requerente foi dito que deseja constituir o Dr. Delly Chalon da Silva – OAB/DF n. 15360, como seu bastante procurador para o exercício dos poderes constantes da cláusula "ad judicia". Pelo preposto da parte-requerida foi dito que deseja constituir o Dr. Faérgio Pitombas Costa – OAB/DF n. 369057, como seu bastante procurador para o exercício dos poderes constantes da cláusula "ad judicia". Proposta a conciliação, esta não_logrou êxito,_tendo sido ofertada defesa escrita, acompanhada de documentos, do que foi dada vista à parte contrária, que passou a se manifestar, em suma, no sentido de que reiterava os termos da inicial pela procedência do pedido. Sem provas orais a serem produzidas. Em seguida, foi proferida pelo Juiz Substituto a seguinte sentença: "Vistos *etc.* Dispensado o relatório, na forma do art. 38 da Lei 9.099/95. Como fatos constitutivos de seu direito subjetivo material, o requerente alega que por culpa de empregados da requerida, teve seu cartão de crediário bloqueado, conforme informações que se lhe foram repassadas no dia 02/03/2001 em razão de pendência de pagamentos. Reiteradas vezes compareceu na empresa-requerida, situada nesta capital, para buscar a solução do abalo de seu crédito sendo informado que se tratava de pendência retroativa, o que ainda culminou com o constrangimento e humilhação a sua pessoa na presença de diversas outras. Além disso, foi notificado pelo Serviço Central de Proteção ao Crédito – SCPC, de São Paulo, de que a requerida solicitara sua inclusão no banco de dados daquele órgão. Resistiu à pretensão autoral a requerida, alegando ser parte legítima para a causa a empresa integrante do conglomerado, BOAS COMPRAS ADMINISTRADORA DE CARTÕES DE CRÉDITO COMÉRCIO E PARTICIPAÇÕES LTDA., que assume o pólo passivo da relação juridico-processual, porque na lide foi quem manteve relação de direito material com o requerente; e, no mérito, realizou com o requerente distrato de negócio jurídico outrora celebrado, do que promanou erro lançado no sistema de crédito da empresa, em detrimento do requerente, por causa de falha no sistema informatizado de compensação que mantém; reconhece a existência da falha; todavia, após 19/03/2001 a situação foi regularizada; o desconforto alegado pelo requerente não pode suportar a compensação exigida. Assim estão definidos os contornos da lide, entendida esta como o objeto do processo. Acolho a preliminar para expurgar da relação processual a empresa BOAS COMPRAS LTDA., recepcionando nessa BOAS COMPRAS ADMINISTRADORA DE CARTÕES DE CRÉDITO COMÉRCIO E PARTICIPAÇÕES LTDA. Restou incontroversa nos autos a relação de consumo mantida entre as partes, fornecendo a requerida ao requerente, este na condição de destinatário ou usurário final, serviços e produtos que comercializa. Reconhece a requerida que houve falha no seu sistema informatizado, acarretando o abalo de crédito reclamado pelo requerente, guardando nexo causal também com os fatos arrolados como ensejadores de constrangimentos e humilhações constantes quando da busca de soluções junto à requerida para a resolução amistosa da lide. Contudo, resta tão-só a perscrutação acerca da efetiva ocorrência de dano extrapatrimonial. Do caderno processual exsurge que o bloqueio creditício do requerente junto à requerida se manteve até, pelo menos, 15/05/2001, data estampada no extrato impresso trazido com a contestação. Além disso, o requerente reconhece que em 22/03/2001 recebeu a correspondência informativa de possibilidade de negativação de crédito, às f. 16. Nesse passo, a requerida demonstrou que, efetivamente solicitou junto àquele órgão (SCPC) a inclusão dos dados do requerente em 16/03/2001, e a respectiva exclusão já em 20/03/200l. Restou demonstrado nos autos o nexo de causalidade entre o defeito na prestação do serviço e o abalo do crédito sofrido pelo requerente, ainda que por poucos dias. Em meu entender, não é o lapso temporal o fator preponderante para se reconhecer a idoneidade de lançamentos negativos em órgão de proteção de crédito ou de suspensão de crédito para a causação de danos morais puros, sem reflexo patrimonial direto. Numa sociedade capitalista como a brasileira, adquire especial importância, e até mesmo proteção jurídica específica, o crédito. Na hipótese vertente, bastou a negação de venda a crédito ao requerente por uma única vez para que tal fato recebesse jurisdicização das normas Jurídicas componentes do nosso ordenamento, tornando-se pois fonte de direito subjetivo. Assim, restava à requerida demonstrar ou a culpa exclusiva do requerente ou de terceiros ou a inexistência do defeito proclamado. Por derradeiro, cumpre

salientar, no que respeita ao arbitramento da verba compensatória, que é dever do Estado-juiz coibir enriquecimento sem causa por parte de quem quer que seja e a impunidade civil oriunda da aplicação de normas jurídicas denominadas perfeitas. Em contrapartida, há que se considerar a repercussão do dano na esfera subjetiva do requerente, que, no caso revelou-se de pouca intensidade, além da capacidade econômica da requerida. Por todo o exposto, JULGO PARCIALMENTE PROCEDENTE A PRETENSÃO DEDUZIDA EM JUÍZO por meio do pedido formulado às f. 06, alínea c, para CONDENAR Boas Compras Administradora de Cartões de Crédito Comércio e Participações Ltda. a pagar a Ibenilson Antônio da Silva a importância equivalente a dez salários mínimos a título de compensação por danos morais. Improcedem os pedidos de regularização do crédito e retirada do nome autoral do SCPC porquanto tais providências já foram tomadas pela requerida, conforme documentos juntados com a contestação. Sem custas e honorários nesta fase processual, nos ternos do artigo 55, *caput,* primeira parte, da Lei n. 9.099/95. Retifique-se na autuação e na distribuição a razão social da requerida. Dou a presente por publicada em audiência e intimadas as partes. Registre-se. Transitada em julgado, certifique-se e arquivem-se os autos com baixa." Consigno a presença do acadêmico do curso de direito da Uni Roberto Carlos Pedreira Gomes – OAB/DF n. 13283. Nada mais havendo, encerrou-se a presente ata. Eu, Justos Carneiro Franco, Assistente do Juiz, a digitei.
MM. JUIZ:

Dez salários-mínimos!

No dia trinta e um de agosto, recebi a importância de dez salários-mínimos a título de compensação por danos morais, que corresponderam à época à soma de R$ 1.800,00 (um mil e oitocentos reais).

O prezado leitor pôde observar que o advogado acertou e, com isso, deixei de receber a diferença de R$ 200,00 (duzentos reais) a mais que me ofereceram na Audiência de Conciliação. O importante foi a experiência adquirida, na qual se somam a informação e, consequentemente, os subsídios para argumentações. Também fortaleci minha crença de que temos de lutar por nossos direitos.

No dia dezesseis de fevereiro de dois mil e quatro, segunda-feira, por volta das dezenove horas, recebi no meu apartamento um consultor da prestadora de serviços de telefonia fixa "Sem Chiado Ltda.". O sujeito me ofereceu as seguintes vantagens: uma nova linha; trinta dias de ligação local grátis, sem a taxa de assinatura mensal; serviço de identificação de chamadas com o aparelho; conversa a três e secretária eletrônica. O aparelho custaria R$ 90,00 (noventa reais) e os serviços mensais, uma taxa de R$ 6,90 (seis reais e noventa centavos). Fui convencido.

No dia dezoito de fevereiro, quarta-feira, instalaram a linha telefônica. Minha esposa foi quem recebeu o serviço e ficou surpresa ao olhar a nota fiscal e se deparar com um valor menor do aparelho: R$ 28,53 (vinte e oito reais e cinquenta e três centavos). O técnico que prestou os serviços não soube explicar aquele valor e disse, ainda, que para recebermos todos os serviços oferecidos deveríamos ligar para o zero oitocentos da "Sem Chiado Ltda.". Liguei e pediram para aguardar, que o problema seria resolvido.

Somente no dia vinte de fevereiro, sexta-feira, ativaram os serviços.

No dia vinte e dois de fevereiro, domingo, o identificador de chamadas (bina) parou de funcionar. Liguei para o zero oitocentos (Protocolo nº 13AOYEY) e obtive a seguinte resposta:

– O senhor deverá aguardar no máximo setenta e duas horas para a solução do problema.

No dia vinte e cinco de fevereiro, quarta-feira, às oito horas e quarenta e sete minutos, recebi uma ligação da empresa "Qualquer Serviço", prestadora de serviço da "Sem Chiado Ltda.", em Brasília, informando que enviariam um técnico pela manhã. Por volta das onze horas e quarenta e dois minutos, vendo que a manhã findava e nada do tal técnico, liguei para o zero oitocentos e pude constatar o desencontro de informações. Eu, na ocasião, falei com uma pessoa que estava no Estado do Paraná. Às doze horas e quarenta e dois minutos, finalmente chegou o técnico. Fez o serviço e o aparelho voltou a funcionar.

No dia vinte e oito de fevereiro, sábado, às onze horas e dezessete minutos, o identificador de chamadas (bina) parou novamente de funcionar. Liguei para o zero oitocentos (Protocolo nº 13B4FZ6), falei com a Silvana, que passou para o Anderson, e este finalizou:

– O senhor deverá aguardar no máximo setenta e duas horas para a solução do problema.

– O que devo fazer para formalizar uma reclamação? – perguntei.

– Apenas pelo *site* da "Sem Chiado Ltda.", senhor.

Tentei por diversas vezes acessar o *site* e não consegui. Às vinte horas e trinta minutos, liguei para o zero oitocentos (Protocolo nº 13B9WNB):

– Há algum problema no *site* da "Sem Chiado Ltda.", pois não consigo enviar a reclamação e quero saber se realmente este é o único meio?

– Senhor, infelizmente só acessando o *site* da "Sem Chiado Ltda." para fazer reclamação.

No dia dois de março, terça-feira, sem a solução do problema, liguei mais uma vez para o zero oitocentos (Protocolo nº 13BD0BV), falei com a Amélia, que parecia ter conhecimento das normas. Tive que me contentar com a seguinte explicação:

– O senhor deverá aguardar setenta e duas horas úteis, conforme resolução da Agência Nacional de Telecomunicações, para a solução do problema.

No dia três de março, quarta-feira, às quatorze horas e trinta e quatro minutos, minha esposa atendeu uma ligação da "Qualquer Serviço", quando a funcionária Lidiane informou que enviaria um técnico à minha residência.

Conforme o prometido, às dezesseis horas e cinquenta e nove minutos o técnico Milton chegou, o mesmo do dia vinte e cinco de fevereiro. Ele fez o serviço e deu seguinte explicação:

– O problema não é do aparelho e, sim, da caixa central. Quando estive aqui na outra vez coloquei uma peça de última geração. Amanhã eu retorno.

Esperei, esperei, esperei!...

No dia quatro de março, quinta-feira, foi somente isso o que fiz. Você não pode assumir nenhum compromisso, tem de esperar a boa vontade da empresa para enviar o técnico. E ai de você se ele aparecer, sabe-se lá a que horas, e não encontrar o responsável para atendê-lo. Já era! Terá que passar por todo o calvário novamente e não poderá questionar nada, pois a empresa, por esse desencontro, torna-se cheia de razão. Dezessete horas. Não era possível! Liguei para o zero oitocentos (Protocolo nº 13BMUOT):

– Alô! Poxa vida! Fiquei preso em casa aguardando a chegada do funcionário Milton que retornaria hoje e até agora nada.

– Senhor. Entendo sua chateação, vou registrar, mas infelizmente deverá aguardar vinte e quatro horas para solucionarmos o problema – disse o funcionário Henrique, encerrando a ligação.

Diante do descaso, retornei a ligar para o zero oitocentos (Protocolo nº 13BMUPC) e pedi o cancelamento dos serviços de identificação de chamadas, conversa a três, secretária eletrônica e, por fim, que viessem à minha residência recolher o aparelho bina.

No dia cinco de março, sexta-feira, às onze horas recebi o técnico Cesare e fiquei espantado com o que ele disse:

– Senhor. Vim para instalar uma extensão do seu telefone.

– Não! Você veio para recolher o aparelho.

Com o impasse, Cesare ligou para a central e recebeu ordem da funcionária Fernanda para não recolher o aparelho, pois enviaria um consultor para resolver o problema.

No dia seis de março, sábado, não foram à minha casa e não ligaram para dar satisfação. Mais uma vez liguei para o zero oitocentos. Não me lembro do bendito protocolo, apenas as palavras do funcionário Eduardo, que me atendeu:

– Senhor, infelizmente deverá aguardar vinte e quatro horas para solucionarmos o problema.

No dia dez de março, quarta-feira, novamente não compareceram e não ligaram para dar uma satisfação. Lembra-se da reclamação que só poderia ser feita por *e-mail*? Pois bem, às dezenove horas fiz uma tentativa. E confesso que me veio o seguinte pensamento:

– Tomara que eu consiga mandar o *e-mail*. Pois se ligar para o zero oitocentos, serão mais setenta e duas horas sem solução.

Não consegui! Fui para mais um protocolo de setenta e duas horas.

No dia quinze de março, segunda-feira, finalmente o técnico Milton recolheu o aparelho (bina).

No dia três de abril de dois mil e quatro, sábado, comprei, no "Supermercado Boas Compras", duas caixas contendo três unidades da "Saúde Total Barra de Cereais", sabor morango com chocolate *light*.

No dia quatro de abril, domingo, minha esposa levou uma barra para lanchar no intervalo da aula. Ao morder e em seguida mastigar, notou algo estranho na boca, que os dentes não conseguiam triturar. Quando cuspiu na lixeira, observou que se tratava de um pedaço de arame escuro, maciço e com a extremidade cortante. Mostrou para uma amiga que estava ao seu lado e ambas ficaram apavoradas com aquilo. Em seguida, minha esposa me ligou contando o ocorrido e eu achei um absurdo. E completei:

– Você recolheu do lixo o material e tem uma pessoa que possa testemunhar?

– Peguei o pedaço de arame. Eu vou falar com a aluna que estava do meu lado.

– Caso ela seja voluntária para testemunhar, anote o número da identidade, CPF e endereço.

Já em casa, após o susto, eu e minha esposa procuramos na embalagem da barra de cereal o telefone do Serviço de Atendimento ao Consumidor. Encontrei um endereço de *e-mail* e às vinte e duas horas e seis minutos enviamos o seguinte texto:

"----- Original Message -----
From: @hotmail.com
To: saudetotal@com.br
Sent: Sunday, April 04, 2004 10:06 PM
Subject: ATENDIMENTO AO CONSUMIDOR SAÚDE TOTAL
nome: Simonete
fone: (61) 396XXXX
cidade: Brasília
estado: Distrito Federal

mensagem: Dia 03/04/04, comprei no "Supermercado Boas Compras" – Brasília Norte, duas caixas com 3 un do "Saúde Total Barra de Cereais" – morango com chocolate – light, validade FEV/05 Lote 23. No dia 04/04/04, levei uma barra para lanchar; ao morder e mastigar um pedaço, notei algo estranho, eu estava mastigando um pedaço de metal maciço, escuro, no formato de meio-arco. Ainda bem que não engoli, não consigo imaginar o que este metal poderia ter provocado e, graças a Deus, minhas filhas não foram as primeiras a experimentar o produto. Aguardo vosso pronunciamento."

No dia cinco de abril, segunda-feira, recebemos a resposta:

"De : SAC saudetotal@com.br
Enviado : segunda-feira, 5 de abril de 2004 13:02:20
Para : @hotmail.com
Assunto : Re: ATENDIMENTO AO CONSUMIDOR SAÚDE TOTAL

Prezada Sra. Simonete,
Primeiramente aceite nosso humilde pedido de desculpas, virtude que cativamos, pela inconformidade apresentada na sua barrinha de cereais, no sabor morango com chocolate light, fato que lamentamos.

Acreditamos que será difícil, para a Senhora, ter uma outra impressão de nossos produtos, mas acredite, foi um caso isolado, que pode ter vindo da própria matéria-prima, apesar de que todas as nossas matérias-primas são oriundas de fornecedores que, também, primam pela qualidade de seus produtos.

Caso seja de seu interesse, solicitamos a gentileza de enviar o produto e/ou o objeto via correio, para que possamos fazer uma análise e detectar sua origem, para estarmos continuamente garantindo a qualidade de nossos produtos...

Agradecemos o seu contato, e tenha a certeza que sua alerta contribuirá, em muito, para que fiquemos ainda mais rigorosos com nosso controle de qualidade, desde o recebimento da matéria-prima até a finalização do produto.

Atenciosamente,
Janaina Flores
Diretora

SAÚDE TOTAL ALIMENTOS S.A.
Rod. BR 277 KM 118 N. 118
Cep. 800005.350 TRIGUEIRA-PR."

Confesso que achei a resposta um pouco vazia, pelos seguintes motivos: primeiro, eu – consumidor – deveria arcar com as despesas de envio do material; segundo, enviar a única prova material que possuía. Estranho! Não acha? Pois bem, é oportuno transcrever outras duas experiências vividas e cujo tratamento foi dez (nota atribuída à qualidade dos serviços).

Comprei uma carga de lâminas de barbear, aquela que tem um refil para limpeza. A lâmina não encaixava no aparelho.

Procurei na embalagem alguma informação em relação ao Serviço de Atendimento ao Cliente (SAC) e encontrei um telefone zero oitocentos. Liguei, informei o acontecido e recebi a seguinte orientação:

– Senhor! Obrigado por ter feito contato. Enviaremos para o endereço de sua residência um envelope Sedex para que o senhor nos remeta o produto. Apenas coloque o produto dentro do envelope e leve até uma agência dos Correios. Tão logo recebamos o produto, lhe enviaremos as cargas para substituir as que nos mandou.

Ocorreu conforme o prometido e observe que não houve custo nenhum para o cliente desde a ligação, envio e recebimento do produto. Quer outro exemplo? Acha que sou chato? Cricri?! Reflita a respeito do que vou dizer:

– Administrar riqueza é fácil. Difícil é administrar pobreza! Precisa explicar? Vai perder a finalidade.

– Isso foi um caso isolado – é este o seu pensamento, prezado leitor?

Então observe este outro fato:

Comprei uma caixa de goma de mascar, embalagem individual com sessenta unidades. Em casa, abri a caixa e dividi entre mim, minha esposa e minhas duas filhas. Quatro partes iguais de quinze unidades cada. E no momento da divisão constatei a existência de oito embalagens lacradas sem a goma de mascar. Imediatamente procurei alguma informação em relação ao Serviço de Atendimento ao Cliente (SAC) e encontrei um telefone zero oitocentos. Liguei, informei o acontecido e recebi a seguinte orientação:

– Senhor! Obrigado por ter feito contato. Enviaremos para o endereço de sua residência um envelope Sedex para que o senhor nos envie o produto. Apenas coloque o produto dentro do envelope e leve até uma agência dos Correios. Tão logo recebamos o produto, lhe enviaremos as embalagens para substituir as que nos enviou.

Ocorreu conforme o prometido e observe que não houve custo nenhum para o cliente desde a ligação, envio e recebimento do produto. Quer outro exemplo? Aguarde! Admito: sou Cricri! Estou errado? Continue a refletir:

– Administrar riqueza é fácil. Difícil é administrar pobreza!

E tem mais: quando o dinheiro é alheio, aí que esbanjam. Lembra-se do senador da República que pagava pensão de quinze mil reais? O povo tem memória curta (essa afirmação não é minha).

E quanto à barra de cereal...

O leitor se esqueceu? Sua memória não é curta. Vamos continuar.

No dia cinco de abril, segunda-feira, fui ao Instituto de Defesa do Consumidor no Distrito Federal (Procon/DF). E, na análise do caso, informaram-me que eu deveria procurar a Agência Nacional de Vigilância Sanitária (Anvisa), por ser problema de Saúde Pública. Liguei para a Anvisa, expliquei a situação e perguntei como eu faria para receber uma indenização.

A Anvisa me esclareceu que seriam tomadas as seguintes providências: visita ao supermercado onde eu adquiri o produto, recolhimento de algumas amostras para análise e emissão de um parecer. Quanto ao reparo do dano causado ao consumidor, orientaram-me a procurar a Delegacia do Consumidor (Decon) para registrar a ocorrência e emitir um laudo técnico.

No dia seis de abril, terça-feira, compareci à Decon (Delegacia do Consumidor/Decon/DF CPE – SAI / Sudoeste – lote 02, bloco D, ao lado do IML, Brasília). Eu nem sabia que existia uma delegacia para cuidar de assuntos relacionados ao consumidor. Para mim, só existia o Procon. E para você, prezado leitor? Segue o esclarecimento que copiei do *site* dessa importante delegacia:

> *"A Decon tem a função de investigar crimes praticados contra os consumidores, previsto tanto no CDC quanto em outras legislações. Cabe esclarecer que nem toda violação ao direito do consumidor caracteriza crime ou infração penal. Os crimes ou infrações penais são justamente condutas humanas (ação ou omissão) previamente descritas em lei que possibilitam a aplicação de sanções mais graves, dada a relevância dos bens que estão sob sua proteção (vida, saúde, integridade física etc.).*
>
> *É direito do consumidor registrar Boletim de Ocorrência para documentar fatos com ele ocorridos, os quais deverão ser apurados pela autoridade policial a partir de um inquérito policial. A autoridade policial possui treinamento e preparo especial, além de atribuição legal específica para tomar as medidas adequadas de repressão e controle para o estabelecimento da ordem."*

Registrei a Ocorrência n.º 288/2004, com o Termo de Apresentação e Apreensão das duas caixas da barra de cereal, e, ainda na delegacia, solicitei ao Instituto de Criminalística (IC/DF) o Laudo de Exame do Material.

No dia quinze de abril, de posse do laudo, cujo resultado foi constatar que o produto era impróprio para o consumo, e diante do descaso da "Saúde Total Alimentos S. A.", redigi uma cronologia dos fatos, ou seja, um passo a passo de tudo o que ocorreu, e fui ao escritório da "Causa Ganha Advogados Associados".

O advogado que me atendeu ficou com a documentação e pediu que minha esposa assinasse a procuração, por ser ela a parte requerente, e disse:

– Vou analisar e encaminharei o seu processo para o outro escritório, no Edifício Jarbas, 13º andar, para escalarem um advogado e tomarem as providências.

Até o dia dezessete de maio, não tinha recebido nenhuma ligação do escritório. Diante da ausência de retorno, entrei em contato com o "Causa Ganha" e fiquei surpreso com a resposta da secretária. Segundo ela, inexistia processo com o meu nome cadastrado no sistema.

No dia dezoito de maio, pedi à minha esposa que fosse ao escritório principal obter informações, pois o outro escritório não sabia dar nenhuma informação.

Houve um problema maior

O advogado Silvino, ao atender minha esposa, expressou a seguinte frase:

– Vocês pagam uma mixaria e querem um bom atendimento.

O fato foi testemunhado por uma amiga de minha esposa, que na ocasião a acompanhava. Ao tomar conhecimento do ocorrido, liguei no mesmo dia para a Ouvidoria da "Causa Ganha Advogados Associados" e fiz uma reclamação. O efeito foi imediato. Às dezenove horas, recebi uma ligação do advogado Silvino, que se identificou como coordenador dos advogados dos escritórios em Brasília, e, após uma hora de conversa, com desculpas e mais alguma coisa, encerrou dizendo:

– O processo ficará a cargo da doutora Angélica e a audiência foi marcada para o dia quatro de setembro de dois mil e quatro.

Na Audiência de Conciliação do dia quatro, a empresa ofereceu, como reparação aos danos causados à minha esposa, três mil barras de cereais e sugeriu que fossem doadas a uma instituição de caridade. Minha esposa recusou, afinal a doação que pretendia fazer poderia afetar a saúde dos consumidores.

A tentativa de conciliação mostrou-se infrutífera. Assim, foi designada a Audiência de Instrução e Julgamento para o dia vinte e sete de setembro de dois mil e quatro.

PODER JUDICIÁRIO
JUSTIÇA DO DISTRITO FEDERAL

SEGUNDO JUIZADO ESPECIAL CÍVEL DA CIRCUNSCRICÃO JUDICIARIA DE BRASÍLIA

Processo n. 678001-6/2004 Reparação de Danos
Parte requerente: Simonete S. P. CPF n. 645.356.800-66
Adv. Parte requerente: Dra. Angélica Ferreira – OAB/DF n. 36418
Parte requerida: Saúde Alimentos S.A., CGC n. 29.545.134/0001-05
Preposto da parte requerida: Nicolau Inocêncio CI n. 050679-SSP/GO
Adv. Parte requerida: Dr. Erculano Gervazio do Nascimento – OAB/DF n. 36785

ATA DE AUDIÊNCIA DE INSTRUÇÃO E JULGAMENTO

Aos 27 (vinte e sete) dias do mês de setembro do ano de 2004, às 14h30, na Circunscrição Judiciária de Brasília/DF, e na sala de Audiência deste Juízo, presente o eminente Juiz, Dr. JAIR GOMES QUEVEDO, foi prolatada a seguinte sentença: "Dispensado o relatório nos termos do art. 38, caput, da Lei 9.099/95. Passo ao julgamento. De plano, não há como deixar de aplicar a Lei 8.078/90, porquanto a parte ré fabricou produtos a consumo, e a autora, na qualidade de consumidora, tem em seu favor os direitos básicos tutelados no Art. 6º da legislação de regência, entre eles a inversão do ônus probatório e a plenitude da reparação dos danos, a par da responsabilidade civil objetivada empresa (Art. 14). Nesta linha de raciocínio, catalisando os elementos probatórios, tenho que a pretensão merece parcial prosperidade. A um, de fato a autora comprovou que (a) adquiriu produtos no BOAS COMPRAS no dia 03/04/2004, e dentre eles, duas caixas de barra de cereal, da marca Saúde Total, de fabricação da ré (SAÚDE TOTAL ALIMENTOS S.A.); (b) no dia seguinte, 04/04/2004, por volta da 10h, no intervalo das aulas "do cursinho", ao mastigar uma das barras adquiridas da empresa ré, sentiu "um objeto" estranho, que a fez devolver ao recipiente, quando então notou que no interior da barra existia um material metálico; (c) a consumidora ficou assustada, pois as barras também seriam consumidas por seus filhos, tendo ela imediatamente ligado para o esposo, narrado o episódio e orientado não oferecer tal produto "às crianças"; (d) ato contínuo, a autora terminou de assistir à aula. A dois, a consumidora manteve contato, via e-mail, com a ré, que sugeriu fosse-lhe encaminhado o produto para averiguação, todavia, como era "a prova", "achou por bem" procurar os órgãos públicos, daí ter se dirigido ao PROCON, depois à ANVISA e por último à DECON, onde foi autorizada perícia, cujo laudo detectou a existência de segmento metálico (vide laudo 06328/ IC). A três, a testemunha MARTHA, colega de "cursinho" da autora ratificou a versão supra. A quatro, a autora não quis aceitar a proposta de receber três mil barras de cereais, porque não teria confiança se a doação que pretendia fazer não afetaria a saúde dos consumidores. Em síntese, diante da vulnerabilidade do consumidor, é dever do fabricante checar, unidade por unidade, a qualidade do produto alimentício posto a consumo para não expor a saúde ou a segurança dos consumidores a toda sorte de riscos. Descumprindo este mister, não só pela negligência como pela responsabilidade objetiva, deve a parte ré reparar os danos morais causados a SIMONETE S. P. (Arts. 4º, I; 6º, I III e VI; 10; 12, § 1º, II; 14 todos da Lei 8.078/90), porquanto comprovado o intenso abalo a algum dos atributos de sua personalidade (dignidade humana) (Art. 5º, incisos V e X da Constituição Federal). No que concerne ao quantum, a melhor orientação jurídica sugere a adoção do critério de razoabilidade, evitando-se, assim, um enriquecimento sem causa de parte a parte. No caso concreto, bem de ver que o constrangimento por que passou a consumidora ao ingerir um produto inadequado, causou-lhe não só uma sensação de mal estar, como efetivo risco à sua saúde, porquanto não tivesse expelido o metal, poderia ter experimentado lesão corporal na boca ou nos seus órgãos internos, a par da preocupação com os filhos. De outro lado, não consta tenha o evento transbordado para outros setores de sua esfera jurídica individual, tanto que a consumidora continuou a assistir à aula, contatou a fabricante, recebeu resposta desta e só após preferiu promover esta ação. Neste passo, embora relativamente grave a existência do segmento metálico encontrado (1,8 cm X 1,4 mm) numa das barras, bem de ver que não ocorreu uma intensa indignação por parte da consumidora, que tomou as providências cautelares cabíveis. Neste quadrante, prestigio especialmente o caráter sancionário/educativo da medida para fixar a quantia de R$ 3.000,00, a fim de que sirva de desestímulo para condutas similares. De resto, no que refere aos danos materiais (R$ 55,14),

referentes ao gasto com perícia e com os produtos, os documentos juntados pela autora demonstram à sociedade a despesa que a consumidora teve (barras – R$ 4,14 e perícia – R$ 51,00), de molde que faz jus também a este ressarcimento (Art. 6º VI, c/c 14 da Lei 8.078/90). Posto isso, decido pela procedência parcial dos pedidos. Condeno SAÚDE ALIMENTOS S/A a pagar, à guisa de reparação por danos materiais, a quantia de R$ 55,14 (cinqüenta e cinco reais e quatorze centavos), acrescida de juros legais e correção monetária a partir da citação (08/07/2004) a SIMONETE S.P. Condeno ainda a ré a pagar à autora, à guisa de reparação por danos morais, a quantia de R$ 3.000,00 (três mil reais), acrescida de juros e correção monetária a partir da citação (08/072004). Declaro extinto o processo, com análise do mérito, a teor do Art. 269, I, do Código de Processo Civil. Sem custas, nem honorários. Registre-se. Nada mais havendo foi encerrada a presente. Eu, Brasília, 27 de setembro de 2004.
MM. JUIZ:

Carta Precatória

Prezado leitor, observe a data do julgamento e compare com a data em que o valor foi efetivamente pago. Para isso, um esclarecimento é oportuno. Como o réu é da cidade de Trigueira – PR, ou seja, não é da comarca de Brasília, foi expedida uma Carta Precatória, instrumento utilizado pela Justiça quando as partes estão em comarcas diferentes. É um pedido que um juiz envia a outro de outra comarca. Assim, um juiz (dito deprecante) envia carta precatória para o juiz de outra comarca (dito deprecado) para citar o réu ou testemunha a comparecer aos autos. É uma competência funcional horizontal, não havendo hierarquia entre deprecante e deprecado. Sempre que o intimado estiver fora do território de jurisdição do juiz processante, não poderá este, pessoalmente, ordenar a citação daquele, pois dita jurisdição está circunscrita a um determinado lugar.

Dessa forma, é necessário que se estabeleça entre as jurisdições uma recíproca cooperação. Os meios próprios para isso são a precatória, quando a citação ou o ato devem ser efetuados em outra jurisdição do território nacional, e a rogatória, em território estrangeiro. A lei, então, autoriza o juiz a delegar sua competência ao juiz local, para que realize a diligência. A carta precatória deve conter o nome do juiz deprecante, nome do juiz deprecado, as sedes dos juízos de cada um, a individuação e endereço do intimado, a finalidade da diligência, o lugar e a ocasião de seu comparecimento, a subscrição do escrivão e a assinatura do juiz deprecante. A carta precatória tem função itinerante, ou seja, ela irá "perseguir" o citado aonde ele for.

O tempo foi passando e nada de minha esposa receber a quantia determinada no julgamento. Fomos ao Juizado e nos informaram que o documento tinha sido enviado ao Juizado de Trigueira e teríamos de aguardar uma resposta. Explicaram-nos, ainda, que podíamos ligar para o Juizado de Trigueira para perguntar sobre a Carta Precatória. Assim minha esposa procedeu. Ligou para o Juizado e descobriu quem era o oficial de Justiça encarregado de entregar o documento ao réu. O mais engraçado foi que, em determinado momento, o oficial de Justiça alegou que a demora foi ocasionada por ele ter dificuldades em encontrar a fábrica. De imediato, minha esposa retrucou:

– Como o senhor não consegue encontrar uma fábrica de barras de cereais, que fornece para a rede de supermercados "Boas Compras", que tem filial no país inteiro?

O puxão de orelha foi providencial. Não é que depois disso o danado do oficial de Justiça encontrou a fábrica! Foram muitas as ligações para o celular do próprio oficial até alcançarmos o nosso objetivo, até que, no dia dez de março de dois mil e seis, foi expedido o seguinte documento:

Circunscrição: 1 – Brasília
Processo: 678001-6/2004
Vara: 1408 – SEGUNDO JUIZADO ESPECIAL CIVEL

OFÍCIO 171/2º JEC/2006
Segundo Juizado Especial cível da Circunscrição especial de Brasília
Sia Trecho 3 Lote 2044, Setor de Indústria, Brasília/DF
Horário de Funcionamento: 12h00 às 17h43.

Brasília-DF, 10 de março de 2006

PROCESSO Nº: 678001-6/2004
AUTOR(A): SIMONETE S.P.
RÉU: SAÚDE ALIMENTOS S/A

Senhor (a) Gerente (a),
Solicito a Vossa Senhoria que seja transferida, com a maior brevidade possível, a quantia de R$ 3.416,66 (três mil quatrocentos e dezesseis reais e sessenta e seis centavos) e acréscimos legais, depositada em 01/09/2005, na conta judicial n. 600123456712 para a conta bancária da exeqüente SIMONETE S.P, qual seja BANCO .... , AGÊNCIA 3602-5, CONTA N. 18746-9 ou, caso não seja possível, para a conta bancária à disposição deste 2º Juizado Especial Cível de Brasília.
Segue cópia da precatória de fls. 205/220, bem como despacho de fls. 221.

Atenciosamente,

Juiz de Direito

Ao (À) Sr(a).
Gerente da Agência 0685-5 do Banco...
Trigueira – Paraná

E finalmente o dinheiro foi depositado.

No dia quatorze de fevereiro de dois mil e cinco, ao descer até a garagem do prédio onde moro, encontrei a porta dianteira direita do meu carro violada e percebi a subtração dos fundos do aparelho de rádio/CD. Chamei o síndico para ver o ocorrido e em seguida fui à delegacia registrar a ocorrência.

Mas antes, prezado leitor, alguns esclarecimentos

Eles são necessários ao entendimento desta obra, portanto, farei a seguir uma apresentação de minhas motivações iniciais, como e por que cheguei a este tema e como o desenvolvi.

Antes de mais nada, destaco aqui um trecho do texto da Ata de Audiência de Instrução e Julgamento do dia 24 de julho de 2001, do caso do "Supermercado Boas Compras":

> *"... Por derradeiro, cumpre salientar, no que respeita ao arbitramento da verba compensatória, que é dever do Estado-juiz coibir enriquecimento sem causa por parte de quem quer que seja e a impunidade civil oriunda da aplicação de normas jurídicas denominadas perfeitas...".*

Em outras palavras: deve-se coibir a "indústria das indenizações", expressão comum utilizada pelos magistrados. Mas a subjetividade do dano esbarra em uma frase que ouvi e a qual guardo até hoje: "O grau da ofensa só pode ser medido pelo ofendido". Acima de tudo, o leitor poderá observar no transcorrer desta obra que em todo momento é dada a oportunidade a quem cometeu o erro de corrigi-lo. Não ocorrendo a correção, aí sim, busco uma reparação do dano causado.

Portanto, meu objetivo com esta obra é fazer com que o leitor exerça seus direitos na reparação de um dano sofrido. Só assim as empresas investirão em qualidade para melhor atender os consumidores.

Recentemente, eu estava ouvindo a Rádio Justiça. Foi em um domingo. Lembro-me que participavam do debate o repórter, como mediador, um advogado e um promotor de Justiça. O debate era sobre extravio de bagagens nos aeroportos e a subjetividade do dano causado. O Promotor de Justiça afirmou que na cidade de São Paulo só houve um caso, que ele tenha conhecimento, de pagamento por danos morais por extravio de bagagem. Segundo seu relato, uma determinada moça viajava de São Paulo para se casar na Europa. Em sua mala, um vestido de noiva.

Ao chegar ao destino, a mala não foi encontrada e a pessoa teve que adquirir outro vestido para se casar. Quando retornou ao Brasil, ingressou na Justiça e recebeu dez mil reais por danos morais. O relato foi do promotor de Justiça de São Paulo, que completou dizendo que o valor pago pela empresa aérea era ínfimo diante da despesa que teria caso investisse em segurança para conter essas irregularidades.

Para ele, o consumidor não busca seus direitos na Justiça, deixando de forçar, com isso, uma melhora nos serviços prestados pelas empresas de transporte aéreo. Enquanto essa situação continuar, é mais vantagem para a empresa pagar as poucas indenizações provenientes de ações dos consumidores.

Pois bem, ainda na Ata de Audiência, outro trecho muito importante, que inclusive aparece em letras maiores. Observe!

É fácil encontrá-lo, é a parte do julgamento: "... JULGO PARCIALMENTE PROCEDENTE A PRETENSÃO DEDUZIDA EM JUÍZO...". Há que se ter o entendimento que para chegar a esse ponto houve uma motivação perante o Juizado, essa motivação denomina-se Redução a Termo, em que, de forma sucinta, ocorre o relato dos fatos. Inicial: a petição inauguratória da ação no Juizado Especial.

Quando você adquire conhecimento, fruto da informação, você passa a ter "poder". Isso me traz à lembrança certo momento em uma palestra que assisti, quando assimilei algo muito importante e que hoje integra este livro. Não levei papel nem caneta, mas na memória gravei o que achei interessante, enriquecendo o meu conhecimento. Foi quando o palestrante frisou:

– Fique atento a tudo, desse modo você estará apoiado em três pilares da filosofia grega: *ETHOS* (credibilidade) – *PATHOS* (relacionamento) – *LOGOS* (argumentação).

Fique atento a tudo

Jornais, revistas, televisão, rádio, palestras, documentários, filmes, músicas etc. Comigo aconteceu e com você também irá acontecer. Você sabia que muitas notícias transmitidas no horário das dezenove horas no rádio, aquele horário em que a grande maioria dos brasileiros tem o hábito de desligar o aparelho – *Em Brasília, dezenove horas. Está no ar a Voz do Brasil* –, levam um tempo para aparecer nos telejornais? Acredite, é verdade. Faça uma experiência.

Conhecimento para argumentação! Desde o desaparecimento das malas, do recebimento da indenização a maior pelo outro passageiro e da frustração na prestação dos serviços da "Causa Ganha Advogados Associados", comecei a pesquisar. E nessa caminhada aprendi a redigir uma Redução a Termo, que é o documento com o qual você ingressa com a ação no Juizado Especial.

Vamos à primeira Redução a Termo que redigi no Juizado Especial

Ah! Estava quase me esquecendo! Nesse dia em especial, ou seja, quando fui a primeira vez ao Juizado Especial, ocorreu uma situação especial. Por que digo isso?! Por nunca ter recebido uma prestação de serviço tão eficiente quanto à recebida no dia em questão.

No dia primeiro de abril de dois mil e cinco, sexta-feira, compareci ao Juizado Especial Cível da Circunscrição Especial de Brasília/DF. Fui informado que lá havia uma Assessoria Jurídica com a qual eu poderia tirar dúvidas e aprender a preencher uma Redução a Termo. Peguei a senha e aguardei, até que chegou minha vez. Sentei-me e comecei a falar o que ocorreu e a senhora me ouviu atentamente. Ao final de minha explanação, peguei os documentos que comprovavam o que acabara de relatar e mostrei àquela senhora, que, muito educadamente, disse-me:

– O senhor tem que escrever nestas folhas, de forma resumida, o que me contou – disse-me, passando às minhas mãos o modelo.

– Depois deve tirar duas cópias e protocolar na sala ao lado.

– A senhora pode me ajudar a redigir?

– Não é a minha função. Eu estou aqui para dar esclarecimentos. Se fizermos o que o senhor está pedindo com cada pessoa que nos procura, a fila de espera lá fora ficará enorme. Mas, como o senhor já está aqui e o movimento hoje está pequeno, vou ajudá-lo.

A primeira folha contém o cabeçalho e os espaços para serem preenchidos com os dados do requerente e do requerido. Esta parte é muito importante para que o Juizado envie pelo correio as notificações necessárias. Na segunda folha, com linhas traçadas, o requerente escreve o resumo do que ocorreu. Ela memorizou o meu relato e começou a ditar o resumo, para que eu o escrevesse, veja:

(primeira folha)

EXM.º SR JUIZ DE DIREITO DO JUIZADO ESPECIAL CÍVEL DA CIRCUNSCRIÇÃO ESPECIAL DE BRASÍLIA – DF

TJDF

Requerente: Ibenilson Antonio da Silva
CPF n. 800.000.800-46
End.
Cidade Fone Cep

AÇÃO DE: Reparação de Perdas e Danos

Requerido: Condomínio dos Blocos "C"e "D"
CPF ou C.N.P.J.
Endereço:
Cidade: Brasília Fone: CEP

(segunda folha)

Resumo dos fatos:

O requerente relata que deixou seu veículo na garagem interna do bloco C/D da SQN, na data de 11/02/05, por volta das 18:00h, e ao retornar às 18:40h do dia 14/02/05, encontrou a porta dianteira direita violada, vindo a perceber a subtração dos fundos do aparelho de rádio/CD. Foi realizado registro da ocorrência na segunda delegacia de polícia (nº1705/2005-0) e perícia. O total do prejuízo foi de R$ 455,75 (som), mais R$ 290,00 (conserto da porta).

O requerente é condômino e se encontra em dia com suas obrigações do pagamento do condomínio.

O requerente requer que a ré arque com o ônus da indenização, toda via seus condôminos pagam o condomínio para dele receber a contraprestação no tocante aos serviços da segurança nas áreas comuns, digo que há uma ordem do síndico para que os porteiros façam uma ronda na garagem. Tal fato ocorre com frequência e não houve nenhuma ação por parte do administrador (síndico) para coibir, mesmo sendo solicitado pelo requerente para que fosse inscrita na pauta de votação da Assembléia a instalação de câmeras de vídeo, optando o mesmo por realizar obras de embelezamento do condomínio. Em tempo, o fato o qual me referi acima, não seria das rondas frequentes, embora essas aconteçam, aquele fato seria das repetições delituosas no interior da garagem.

Ante o exposto, requer:

a) a citação do réu para que compareça à Audiência de Conciliação acima designada, sob pela de revelia;

b) em caso de não ocorrer acordo, seja designada Audiência de Instrução e Julgamento, intimando-se o réu, para, querendo, oferecer sua contestação;

c) seja o presente pedido julgado procedente, para condenar a ré (entidade responsabilizada) a indenizar-me pagando em meu favor a importância de *R$ 685,75 (seiscentos e oitenta e cinco reais e setenta e cinco centavos), acrescida de juros e correção monetária.*

Pretende provar as alegações por todos os meios de prova de direito admitidas, em especial o depoimento pessoal do Requerido, sob pena de confissão.

Dá-se a causa o valor de *R$ 685,75 (seiscentos e oitenta e cinco reais e setenta e cinco centavos).*

Nestes termos
Pede deferimento.

Brasília, *01 de abril de 2005.*

____

(assinatura)

Quando terminamos, pedi que olhasse o documento para saber se estava certo. Daí a situação especial.

– Senhor, eu sou deficiente visual! Quanto aos documentos que tem como prova, o senhor deverá trazê-los no dia da Audiência de Conciliação, quando irá anexá-los.

Agradeci e aproveitei para perguntar se numa outra oportunidade, quando já estivesse com a Redução a Termo pronta, eu deveria passar pela Assessoria. Ela respondeu que não. Bastava ir direto ao protocolo com as três vias. A partir desse instante decidi dispensar os serviços da "Causa Ganha Advogados Associados". Desassociei-me e, quando necessário, eu mesmo redijo a Redução a Termo e protocolo no Juizado Especial.

E agora voltemos ao caso do furto

A Audiência de Conciliação foi marcada para o dia nove de maio de dois mil e cinco, mas não houve acordo. O síndico fundamentou-se no Regimento e na Convenção do condomínio, com argumentos que não me convenceram. Ficou para o juiz decidir.

No dia dezoito de agosto, quinta-feira, recebi uma carta do Juizado com o seguinte texto:

> "Fica a parte autora ciente da sentença de fls. 61/65, nos seguintes termos: Ante o exposto, julgo improcedente o pedido deduzido na inicial e extingo o presente feito com fulcro no art.. 269, inciso I, do CPC.(...) Cremilda Jacobino – juíza de direito."

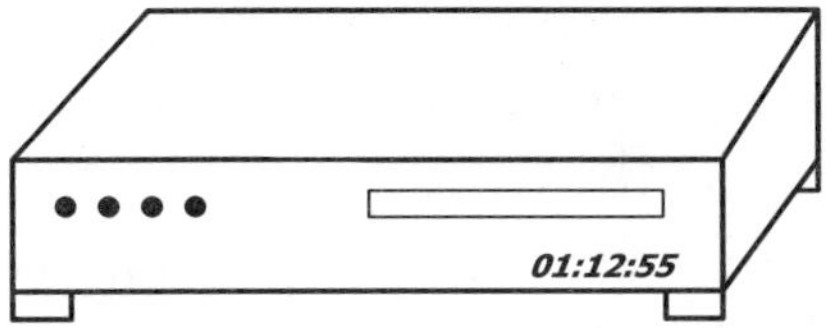

No dia oito de agosto de dois mil e quatro, comprei no "Supermercado Boas Compras" um videocassete do fabricante "Electronics Produtos S. A.".

No dia vinte e um de janeiro de dois mil e cinco, o aparelho apresentou defeito. Como estava na garantia, o levei à autorizada e assim começaram os problemas que descrevo na carta enviada ao fabricante".

"À Central de Atendimento ao Consumidor

Acreditando no bom relacionamento que essa empresa tem com seus consumidores, transcrevo o meu problema:

No dia oito de agosto de dois mil e quatro, adquiri um videocassete da marca 'Electronics' – modelo FC 931B, no 'Supermercado Boas Compras' – Asa Norte – Brasília – DF.

Com o uso, uma das funções apresentou defeito. Leigo que sou, denominei 'temporizador' – tempo de fita – o que aparece na tela ao apertarmos a tecla 'Enter' duas vezes, pausadamente. Não existe no manual nenhuma orientação a esse respeito. Falo de 'uma pequena barra horizontal vazia', que, aparentemente, vai sendo preenchida com o passar da fita, e do avanço do marcador de tempo, logo abaixo da barra. Enfim, não sei para que serve o comando.

Na verdade, não há correlação da imagem com o tempo marcado. Quando preciso achar um ponto na fita sem ter que passar pelo comando 'Play', mas sim, usando 'FF' ou 'REW'.

No dia vinte e um de janeiro de dois mil e cinco, deixei o videocassete na autorizada 'Consertamos Áudio e Vídeo Ltda.', 706, bl. F, l.j 45, Asa Norte, Brasília – DF.

No dia dez de fevereiro, liguei para saber se já estava pronto, tendo em vista que o prazo estipulado era de 10 (dez) dias úteis. De imediato, não houve resposta e pediram para eu ligar mais tarde. Minha esposa ligou e a resposta foi:

– Será necessário trocar a placa de áudio e, como a peça virá de São Paulo, irá demorar mais um pouco.

No dia quatorze de fevereiro, a 'Consertamos' informou que estava pronto.

No dia quinze de fevereiro, fui buscar o videocassete. No momento em que o técnico Natanael estava instalando o videocassete para teste, perguntei qual tinha sido o conserto. 'Troca da cabeça de áudio', respondeu o técnico. Primeira contradição.

O técnico Natanael retirou uma fita cassete de uma das gavetas do balcão e a colocou no videocassete. Constatei que o problema não tinha sido solucionado. Não tem como saber o tempo de fita e, além do mais, o marcador trava quando está no comando 'FF' " e mesmo no retorno automático 'REW' ele não destrava, ou seja, vai até 1:50:35.Permanece este número até a fita ser ejetada.

Mesmo assim, o técnico fez algumas tentativas para solucionar o problema que naquele momento não deveria existir, ou seja: fui lá para receber o aparelho consertado, caso contrário, por que me ligaram? Diante da incompetência para solucionar a problema naquele instante, o técnico pediu que eu deixasse o videocassete para um novo conserto.

No dia vinte e dois de fevereiro, liguei e me disseram que estava pronto. Não há respeito com o consumidor... A ligação tem que ser minha. Por que não da loja?

No dia vinte e três de fevereiro, fui buscar o videocassete. O técnico Natanael retirou uma fita cassete de uma das gavetas do balcão, colocou no videocassete e o problema novamente não tinha sido solucionado. Pegou outra fita, e nada de dar certo na terceira fita. O tempo de fita no comando 'FF' foi até 5:50:23, permanecendo inalterado mesmo no retorno automático 'REW'. Segunda contradição. O técnico Natanael chamou o técnico Carlos, que é o proprietário da autorizada, e a partir deste momento começaram a debater o problema:

– A 'barra' mostra o tempo de fita total e a numeração é o tempo de fita gravado – disse Carlos, que continuou: A fita cassete está mastigada, Natanael limpe a cabeça do vídeo, isso é problema de cabeça suja.

Diante da situação que testemunhei de completa falta de conhecimento dos técnicos da autorizada, voltei para casa sem o aparelho e faço as seguintes colocações:

a) Como que uma empresa 'autorizada', que assume este compromisso, utiliza fitas com defeito para testar aparelho de videocassete? Até então aquela fita era perfeita para o teste realizado em 15/02/05? Pior ainda, e as outras duas?

b) Hoje, até o momento, 22:08h do dia 24/02/05, não recebi nenhuma ligação da autorizada.

c) Qual garantia terei, do perfeito funcionamento de um videocassete que com apenas seis meses já foi aberto diversas vezes? Qual serviço está efetivamente sendo feito? Será muito fácil se eximir de responsabilidade. E quando chegar o mês de agosto e expirar o prazo da garantia?

d) O manual de instruções é claro na página 18, impondo que tenho que levar o aparelho a uma autoriza. Qual a garantia que tenho, pela incompetência, da empresa autorizada? É muito fácil para os senhores, conforme orientado por sua telefonista, Viviane do 0800-7095656, que eu procure outra autorizada.

Como disse no início desta carta, continuo acreditando no bom relacionamento da 'Electronics Produtos S. A.'.

Aguardo vosso pronunciamento.

Brasília, DF, 24 de fevereiro de 2005."

Tentei enviar a carta acima para o *e-mail* que constava no manual (asstec@electronics.com, do próprio Fale Conosco), mas não foi possível. Liguei várias vezes para o Tel. 0800-7095656 e foi então que me passaram um novo *e-mail* (assistencia@eletronic.com) e o novo endereço (Av. D. Pedro II – W7953A – Bairro Distrito Industrial – Taubaté – SP) para que eu enviasse a carta aos cuidados da Camila.

No dia vinte e quatro de fevereiro, postei a carta registrada e mantive contato telefônico para ter certeza do recebimento da referida carta e do *e-mail*. E no dia vinte e oito, recebi o seguinte *e-mail*:

"Sr Ibenilson,
Agradecemos o seu contato.

Em resposta ao e-mail, pedimos à gentileza que nos informe o nome do Serviço Autorizado em que seu aparelho foi encaminhado e qual o número da ordem de serviço, para que possamos auxiliá-lo da melhor maneira possível.

Atenciosamente,
Central de Atendimento Electronics.

----- Original Message ------
From: ibenilson
To: assistência
Sent: Monday, february 28, 2005 3:04 AM"

Constatei uma completa desorganização, pois a carta do dia vinte e um continha todas as informações pedidas no *e-mail*. Mesmo assim, atendi à solicitação, reenviando as informações.

No dia dois de março de dois mil e cinco, recebi outro *e-mail* da Central de atendimento Electronics:

" Sr. Ibenilson,

Verificamos com o posto autorizado e Renata nos informou que seu aparelho está disponível para retirada. Pedimos a gentileza que contate o posto autorizado.

Atenciosamente,

Central de Atendimento 'Eletronics'.

------ Original Message ------
From: ibenilson
To: assistência
Sent: Wednesday, March 02, 2005 4:52 AM
Subject: Autorizada e ordem de serviço."

Observe que a "Electronics Produtos S. A." ligou para a autorizada e não se interessou em falar com o proprietário, o senhor Carlos, mas, sim, com a funcionária Renata.

Em seguida, enviei *e-mail* demonstrando minha indignação.

"Aos cuidados da Srª Camila,

Recebi o seu e-mail.

Comentários:

Tenho que contar com a ignorância e a incompetência da autorizada que a mais de um mês não resolve o problema do vídeo. O que me resta é ir de novo à loja ouvir explicações que se somarão a todas as outras que recebi a cada vez que estive lá, e sem solução.

Pergunto:

Por que a autorizada até o presente momento, se quer fez um contato informando do conserto do equipamento, pois a primeira pergunta que eles fazem quando chegamos à loja é: 'Ligaram para o senhor vir buscar?'

Esse departamento soluciona o problema apenas enviando um e-mail para eu dirigir-me à autorizada? De toda a correspondência que lhes enviei, não há comentários.

Não tenho confiança no produto que adquiri e no que foi feito nele.

Aguardo vosso pronunciamento.

Grato."

Recebi a seguinte resposta:

"Sr. Ibenilson,

Esclarecemos que seu aparelho foi devidamente reparado em nosso posto autorizado. Pedimos à gentileza que verifique o funcionamento do produto e, caso seja necessário, entre em contato novamente.

Atenciosamente,

Central de Atendimento 'Electronics'.

------ Original Message ------
From: ibenilson
To: assistência
Sent: Sunday, March 06, 2005 11:54 PM"

No dia onze de março de dois mil e cinco, fui buscar o videocassete. Às treze horas e cinquenta minutos, cheguei à loja e tive que esperar, até que às quatorze horas e dez minutos, uma funcionária veio me atender e informou: "O técnico falou que o aparelho não tem problema". Em seguida, aguardei que a funcionária testasse o aparelho.

Achei estranha aquela atitude. Deveria ser atendido por um técnico. E após repetidas vezes tentar ligar o aparelho, não obtendo sucesso, a funcionária chamou o técnico Carlos. Cabe ressaltar que o senhor Carlos (proprietário) e o senhor Natanael (técnico), os mesmos do dia vinte e três de fevereiro, me viram no balcão de atendimento e não demonstraram interesse em solucionar o problema.

Ele, ao chegar ao balcão e pôr o vídeo para funcionar, começou a falar:

– O seu aparelho não tem problema e se o senhor quiser pode correr atrás do seu direito de ir à Justiça.

O recado, que foi previamente articulado, estava dado. Ficamos surpresos, eu e minha esposa, pelas palavras do Sr Carlos. Indaguei:

– Como não tem defeito?! Disseram que trocaram a placa de áudio, a cabeça de áudio e o senhor deu a ordem para limpar a cabeça de vídeo e isso desde o dia vinte e um de janeiro. É a terceira vez que venho buscar o aparelho e só agora que chegaram a essa conclusão?

– Qual é o problema? – perguntou o senhor Carlos.

Outra surpresa, pois ele estava presente no dia vinte e três, junto com o técnico Natanael. Santa paciência... Colocamos o vídeo para testar e finalmente o senhor Carlos reconheceu que não foi solucionado o problema e pediu-me que deixasse o aparelho, que a autorizada ligaria quando resolvesse, em um prazo de trinta dias.

A paciência esgotou

E resolvi ir ao Procon/DF no mesmo dia. Após o registro da reclamação, foi marcada uma Audiência para o dia vinte e nove de março de dois mil e cinco, envolvendo o "Supermercado Boas Compras", a autorizada "Consertamos Áudio e Vídeo Ltda." e a "Electronics Produtos S. A.".

No dia doze de março de dois mil e cinco, recebi a seguinte carta:

"Electronics
Taubaté, 12 de março de 2005
A/C: Ibenilson Antonio da Silva

Informamos que foi recebida a correspondência.

Conforme informação da carta, o aparelho está na Asc, solicitamos que o Sr. entre em contato com a nossa Central de Atendimento (0800-7095656) para solucionarmos o problema."

Não liguei. Aguardei o dia da audiência no Procon, que teve o seguinte desfecho:

PROCON/DF 29/03/2005

Entrou em contato com este órgão o senhor Rodrigues representante legal da empresa "Electronics Produtos S. A." que nos informou que não poderá estar presente na conciliação, pois estaria em outra audiência, sendo que informou que está reembolsando o consumidor em conta-corrente, solicitou ainda os dados bancários, CPF e nome completo do titular da conta, onde o reembolso será feito em 20 dias úteis, a contar de hoje.

No ato da conciliação, compareceu a empresa "Supermercado Boas Compras", representada pelo senhor Amaro Cavalcanti, a empresa "Consertamos Áudio e Vídeo Ltda.", representada pela senhora Rosa Hemann. Sendo que não foi apresentada proposta entre as partes.

Sendo assim, repassamos ao consumidor a proposta da empresa "Electronics Produtos S. A.", onde o mesmo aceito e ficou acordado:

A empresa "Electronics Produtos S. A." irá efetuar o reembolso do valor em nota ao consumidor em 20 dias úteis a contar da assinatura deste termo em conta-corrente.

No dia dezenove de abril de dois mil e cinco, por não ter recebido o reembolso conforme acordado na Audiência do dia vinte e nove de março, e estar sem o videocassete desde o dia vinte e um de janeiro, retornei ao Procon/DF. A técnica Vera, do Procon/DF, ligou para a empresa "Electronics Produtos S. A." e, para meu espanto, a empresa alegou não ter recebido o documento por parte de seu representante, o senhor Rodrigues. Diante desta desorganização, redigi a Redução a Termo contra a "Electronics Produtos S/A." e protocolei no Juizado Especial.

Segue texto na integra desta Redução a Termo. O item "resumo dos fatos", que vai desde a aquisição, no dia oito de agosto de dois mil e quatro, até as tratativas com o fabricante e a autorizada, culminando com o acordo não cumprido do dia vinte e nove de março, não vai ser transcrito, pois a estrutura deste documento já foi elucidada e todas as informações foram citadas acima. Porém, julgo importante alguns pontos e, por isso, os transcrevo a seguir:

Ante o exposto, requer: (...)

c) seja o presente pedido julgado procedente, para condenar a ré a me indenizar, e pagar em meu favor a importância de R$ 5.000,00 (cinco mil reais), acrescida de juros e correção monetária, correspondendo a R$ 449,00 (quatrocentos e quarenta e nove reais), valor da aquisição do videocassete e R$ 4.551,00 (quatro mil quinhentos e cinquenta e um reais) por danos morais.

Pretende provar (...)
Dá-se à causa a quantia de R$ 5.000,00 (cinco mil reais), acrescida de juros e correção monetária.

Nestes Termos
Pede Deferimento
Brasília/DF, 19 de abril de 2005

____
(assinatura)

No dia dois de maio de dois mil e cinco, recebi uma ligação da advogada Fernanda Gomes, que se apresentou como representante da "Electronics Produtos S. A." e, sem muita conversa, disse que tinha sido depositada em minha conta, naquele dia, a quantia de R$ 513,58 (quinhentos e treze reais e cinquenta e oito centavos). A única coisa que falei ao telefone foi que o processo estava no Juizado Especial Cível.

Não houve a Audiência de Conciliação e a juíza de Direito proferiu a Sentença:

"Circunscrição: 1 – Brasília
Processo: 2005.01.1.121418-5
Vara: 1234 – QUINTO JUIZADO ESPECIAL

Ação: INDENIZAÇÃO
Requerente: IBENILSON ANTONIO DA SILVA
Requerido: ELECTRONICS PRODUTOS S/A

SENTENÇA

Informa o autor que, em 08/08/2004, adquiriu um videocassete da marca Electronics no supermercado Boas Compras no valor de R$ 449,00. Alega que surgia uma "pequena barra horizontal" na tela e que não havia correlação da imagem com o tempo marcado para localizar determinado ponto da fita. Aduz que levou o produto para a assistência técnica que por três vezes buscou sem êxito solucionar o problema. Encaminhou reclamação ao PROCON onde a requerida comprometeu-se em 20 dias a reembolsá-lo, todavia, não cumpriu com o acordado. Assim, requer indenização por danos materiais no valor de R$ 449,00 e danos morais no valor de R$ 4.551,00.

A requerida apresentou contestação alegando perda do objeto da presente lide, sob o argumento de que reembolsou o autor no dia 02/05/2005 na quantia de R$ 513,58. Tece considerações a cerca da inexistência do dano moral e requer improcedência do pedido.

É o breve relato dos fatos relevantes.

Decido.

O autor reconheceu a restituição da quantia informada pela requerida referente ao valor do produto e requereu o prosseguimento do feito quanto aos danos morais.

Assim, a presente demanda cinge-se às repercussões deletérias do vício do produto na esfera moral do consumidor.

A meu sentir, não entendo configurada violação à imagem ou ao bom nome do autor que justificassem a indenização pretendida. Não restou demonstrado nos autos conseqüências danosas que extrapolassem os limites do vício constatado no produto.

O autor nem se reportou a perturbações sofridas em seu meio social ou ambiente familiar em razão do defeito apresentado pelo videocassete.

Desse modo, entendo indevida a indenização pelos danos morais. Transtornos e aborrecimentos são inerentes a esse tipo de ocorrência e não se qualificam como dano moral. O dano moral será inexoravelmente ligado ao sentimento da própria dignidade, ao brio, à dor profunda, à intimidade, à honra e à imagem.

Nessa perspectiva, a experiência relatada pelo autor não se reveste dos elementos necessários a qualificá-la como evento suficientemente danoso para gerar reparação. O viver cotidiano apresenta situações que nos causam dissabores e frustrações, mas nem por isso são reparáveis. Aborrecimentos, transtornos e desgastes fazem parte da vida.

A jurisprudência já assinalou que não são indenizáveis meros dissabores e aborrecimentos cotidianos a que estão sujeitas todas as pessoas, especialmente na vida moderna. Nesse sentido julgados do STJ.

"(...) – Mero aborrecimento, dissabor, mágoa, irritação ou sensibilidade exacerbada estão fora da órbita do dano moral. Recurso especial conhecido e provido."

"Se o acórdão do tribunal de origem nega a existência de fato que pudesse ensejar dano moral, a sua caracterização, na via especial, esbarra no óbice da súmula 7-STJ, porquanto para se chegar a conclusão diversa é preciso revolver o conjunto fático-probatório dos autos. Mesmo porque já decidido por esta Corte que meros aborrecimentos não ensejam a condenação por dano moral."

"A indenização por dano moral não deve ser banalizada. Ele (dano moral) não se destina a confrontar meros percalços da vida comum. É razoável obter-se o ressarcimento pelos danos materiais, inclusive pela perda momentânea do uso do automóvel, mas daí a assemelhar esse desconforto a um dano moral, lesivo à vida e personalidade do incomodo, é excesso".

"a Terceira Turma do Superior Tribunal de Justiça (STJ), por maioria, deu provimento parcial ao recurso interposto pela Fiat Automóveis S/A em ação movida pela consumidora Júlia Iskin. Ela pleiteou indenização por danos morais e materiais devido defeitos apresentados em veículo Fiat "zero quilômetro" adquirido por ela. A decisão do STJ afastou da condenação a indenização por danos morais. Para o relator, ministro Ari Pargendler, os defeitos apresentados no veículo não acarretam prejuízo na órbita moral, já que Júlia apenas sofreu aborrecimentos e desconforto resultantes de uma compra e venda desafortunada."

Não é outro o entendimento das Turmas Recursais do TJDF:

1- constatado que o produto adquirido apresenta defeito que o torna inadequado ao fim que se destina, nos termos do inciso iii, do § 6º , do artigo 18 do cdc, impõe-se adotar, alternativamente e a critério do consumidor, uma das providências contidas nos incisos do § 1º do referido artigo. 2- a responsabilidade, nesses casos, é objetiva e solidária entre o fornecedor e o fabricante do produto defeituoso. 3 – descumpridas as normas expressas do artigo 18 do CDC, impõe-se o dever de indenizar o consumidor lesado. 4- indevida entretanto, a indenização por danos morais quando o autor não logrou êxito em demonstrar que os fatos decorrentes da prestação de serviços defeituosa acarretaram transtornos e aborrecimentos que vão além do suportado pelo homo mediu.

Ante o exposto, julgo improcedente o pedido deduzido na inicial e extingo o presente feito com fulcro no art. 269, inciso I, do CPC.

Sem custas e honorários advocatícios (art. 55 da Lei 9.099/95).

Anote-se conforme requerido à fl. 50.

Publique-se.
Registre-se.
Intimem-se.

Brasília – DF, terça-feira, 09/08/2005 às 18h09.

Edna Guerra Santa Cruz
Juíza de Direito

O prezado leitor ficou envaidecido com o rico conteúdo desta sentença? Pois bem, aproveito o momento e cito um episódio para reflexão, sem juízo de valor, é claro.

O jornal da tarde transmite a seguinte notícia:

> *"Fernanda, tendo a necessidade de realizar um saque no caixa 24h, que fica no estacionamento público – área externa do Brasília Shopping –, estacionou seu veículo o mais próximo possível do caixa. Sabendo que não demoraria com o saque, deixou o carro logo atrás, no sentido transversal a outro veículo – fila dupla –, quando retornou, não acreditou no que presenciou – uma senhora arranhando com uma chave a lateral de seu veículo. Sem retirar o seu veículo do local, ligou para o 190 e solicitou a presença da polícia para registrar o Boletim de Ocorrência. Com a chegada da polícia, a senhora que arranhou o carro da vítima, exaltou-se mostrando sua identidade de juíza de Direito aposentada."*

Minha filha Menieny foi participar de um passeio ciclístico, evento da escola em que estudava. Pois bem, como ela tinha nove anos, a acompanhei. Que vergonha! Minha filha está tão grande, mas as preocupações do dia a dia não me permitiram notar detalhe. Vou lhe contar como isso se refletiu neste episódio. Lembra-se do caso da barra de cereal, quando mencionei: "Administrar riqueza é fácil. Difícil é administrar pobreza!"? Pois bem! Vamos ao que interessa.

Mania de pobre. A filha cresce e precisam ser feitos alguns ajustes na bicicleta, para que ela dure mais um pouco: levantar o selim e o guidão da bicicleta. Fiz isso. Mas ao chegar à estrada onde seria realizado o evento, não percebi que tinha levantado o guidão o máximo que pude e, com isso, ele se soltou, desmontando a bicicleta. Ainda bem que minha filha não passou vexame, pois estávamos isolados do restante do grupo.

Voltamos para casa. Eu levando a bicicleta nas costas. Sinceramente não sei como isso ficou marcado na memória dela. Só não chorei para não piorar a situação. Para cobrir o vexame, comprei uma bicicleta nova, maior, aro 20, cor violeta. O valor, parcelado, é claro, em dez vezes sem juros. Este presente eu dei no dia trinta de março de dois mil e cinco.

No dia seguinte, como o cliente tem direito à montagem de graça em uma das lojas autorizadas pelo fabricante, olhei no manual e vi que havia uma autorizada perto de onde moro. Levei a bicicleta na caixa para ser montada. Pediram que retornasse duas horas depois para pegar.

Conforme combinado, compareci à "Sobre Duas Rodas Ltda." para pegar a bicicleta e tive uma surpresa. Maria, a funcionária que me recebeu, disse que eu devia pagar a quantia de R$ 7,00 (sete reais), referente ao conserto da câmara de ar furada. Achei estranho e expliquei que entreguei a bicicleta na caixa de papelão lacrada: "Como tenho que pagar?" Maria respondeu que era problema meu e não da loja. Como estava sem a carteira, avisei que iria buscar o dinheiro. No caminho, fui pensando...

– Está certo?"

Ao chegar ao apartamento, antes de pegar a carteira, procurei o Código de Proteção e Defesa do Consumidor e lá estava:

> *"Art. 12. O fabricante, o produtor, o construtor, nacional ou estrangeiro e o importador respondem, independentemente da existência de culpa, pela reparação dos danos causados aos consumidores por defeitos decorrentes de projeto, fabricação, construção, montagem, fórmulas, manipulação, apresentação ou acondicionamento de seus produtos, bem como por informações insuficientes ou inadequadas sobre sua utilização e riscos."*

Argumentação forte, mas tinha algo mais, do qual me lembrei. Só não sabia exatamente em que parte do manual estava uma informação muito útil. Peguei o manual e comecei a ler mais uma vez e achei o que estava procurando:

> *"TERMO DE GARANTIA*
>
> *(...) Bicicletas S/A garante reposição de componentes de seus produtos que apresentarem defeitos de material ou de fabricação no prazo de 90 (noventa) dias, conforme disposição da LEI 8.078*

do Código de Defesa do Consumidor, contados a partir da data da compra constante na nota fiscal. A garantia é intransferível, não podendo, sob qualquer alegação, ser ampliada ou prorrogada."

Voltei à loja e solicitei a presença do dono, ou de alguém que respondesse por ele. A Maria disse que o dono não estava e que ela era a responsável.

– A senhora conhece o Código de Defesa do Consumidor?

– Conheço.

– Então sabe que o que está me cobrando é errado?

Não esperei a resposta. Paguei os R$ 7,00 (sete reais) e pedi a Nota Fiscal. Com certeza, denunciaria a loja ao Procon e exigiria a devolução do que paguei e, não conseguindo, faria uma Redução a Termo pleiteando devolução e danos morais. Mas no momento em que Maria estava preenchendo a Nota Fiscal, entrou pela porta dos fundos da loja um senhor e foi logo perguntando.

– O que está acontecendo?

– Quem é o senhor? – indaguei.

– Sou o dono.

– Então sua funcionária está mentindo. Ela disse que o senhor não estava.

– Qual é o problema?

– Trouxe uma bicicleta na caixa para montar e sua funcionária exigiu o pagamento pelo conserto de uma câmara de ar. Está contrariando o Manual de Instruções e o próprio Código de Defesa do Consumidor.

Ele imediatamente mandou Maria devolver o dinheiro e entregar a bicicleta. Peguei a bicicleta e o dinheiro e fui pra casa finalmente dar o presente à minha filha.

No dia trinta de setembro de dois mil e seis, sábado, hipnotizado pelos constantes comerciais na TV das revendedoras de automóveis, comum neste período do ano em Brasília, fui à "Carros Zero Ltda.". Nunca faça isso. Saiu de casa para ver, dançou! Você pensa que consegue enganar seu subconsciente. Mentira! O melhor a fazer é não sair para ver, principalmente se estiver acompanhado de esposa e filhos. Caso o leitor discorde, parabéns! Vejo que você não se deixa levar pelas diversas promoções do dia a dia de supermercados, *shoppings*, lanchonetes de *fast food* e tudo o mais. Não precisava trocar de carro, o que possuía atendia totalmente às minhas necessidades. Não esqueça: o melhor a fazer é não sair para ver. Vamos aos fatos.

Assinei a Proposta de Compra e Venda do automóvel zero quilômetro no valor de R$ 30.300,00 (trinta mil e trezentos reais). O meu carro seria dado como entrada e como a "Carros Zero Ltda." prometeu entregar o automóvel somente no dia nove de outubro, eu não iria ficar sem carro durante esse período. Então preenchi um cheque-caução de R$ 14.500,00 (quatorze mil e quinhentos reais), que seria devolvido quando eu entregasse o meu carro.

No dia dois de outubro, segunda-feira, compareci às oito horas da manhã à "Carros Zero Ltda." para solicitar o cancelamento da compra, por causa de problemas de saúde de pessoa da família ocorrido no domingo, o que acarretou despesa imprevista.

Expliquei o problema ao gerente da concessionária e este alegou que no momento da compra tinha sido gerado um pedido à fábrica, além de mais uma série de despesas administrativas, e que para poder cancelar e devolver-me o cheque-caução, eu teria que arcar com o pagamento de R$ 1.515,00 (um mil quinhentos e quinze reais) referentes à multa de 5% (cinco por cento) sobre o valor do automóvel.

E foi enfático ao dizer que no rodapé da Proposta de Compra e Venda de Veículo constava o amparo legal para a cobrança da multa. Paguei a multa, mas pedi ao gerente que transcrevesse no recibo a fundamentação legal daquela cobrança:

"*CARROS ZERO*

RECIBO R$ 1.515,00

Recebemos de Ibenilson Antonio da Silva, endereço, Braília-DF, portador do CPF 800.000.800-46, a quantia de R$ 1.515,00 (um mil quinhentos e quinze reais), pelo cancelamento referente ao veículo ano modelo 2006/07, cor verde cobre, nota fiscal nº 112.127, conforme o disposto no art. 52 da Lei nº 8.078/90 e alterado pela Lei nº 9.298/96.
Obs: pagamento efetuado c/ cheque pré p/ 16/10/06, Bco. 000, Ag. nº 3001-3, c/c 18675-6 (ch. nº 196446).

Brasília, 02 de outubro de 2006
Carros Zero Ltda."

O problema de saúde obrigou-me a viajar para o Rio de Janeiro. Não tive tempo de analisar o que o gerente falou em relação à Proposta de Compra e Venda de Veículo. Ao retornar de viajem e analisar a proposta, li, em letras minúsculas, o texto a respeito do qual o gerente tinha falado. Prezado leitor, com uma letra maior que a original, transcrevo:

"CONDIÇÕES GERAIS

Cliente e Fornecedor declaram-se de acordo com as condições estipuladas acima. O Fornecedor se reserva no direito de propriedade e liberação do veículo até o seu pagamento integral pelo Cliente e após compensação dos cheques. Os riscos relativos ao veículo são transferidos ao Cliente a partir da entrega do mesmo. O Cliente, isentando a Empresa de prestar serviços referentes à documentação do veículo, automaticamente será responsável por ela. Autorizo o faturamento do pedido de compra, nas condições de preço e forma de pagamento aqui pactuados; estando de acordo que o artigo 52 da Lei nº 8.078/90, alterado pela Lei nº 9.298/96, que faculta a cobrança de 5% sobre o valor do veículo em caso de desistência do negócio por decisão unilateral de minha parte."

Após ler o texto da proposta, concomitantemente com a o artigo 52 da Lei nº 8.078/90, fiquei surpreso ao constatar que não havia vinculação, ou seja, em momento algum aparece a expressão "cobrança de 5%". Observe:

"Art. 52 – No fornecimento de produtos ou serviços que envolva outorga de crédito ou concessão de financiamento ao consumidor, o fornecedor deverá, entre outros requisitos, informá-lo prévia e adequadamente sobre:

I – preço do produto ou serviço em moeda corrente nacional;

II – montante dos juros de mora e da taxa efetiva anual de juros;

III – acréscimos legalmente previstos;

IV – número e periodicidade das prestações;

V – soma total a pagar, com e sem financiamento.

§ 1º – As multas de mora decorrentes do inadimplemento de obrigações no seu termo não poderão ser superiores a dois por cento do valor da prestação.

§ 2º – É assegurada ao consumidor a liquidação antecipada do débito, total ou parcialmente, mediante redução proporcional dos juros e demais acréscimos."

Lembra-se da palavra grega LOGOS? A não vinculação foi o objeto da minha Redução a Termo contra a "Carros Zero Ltda.". Veja parte:

Ante o exposto, requer: (...)

d) seja o presente pedido julgado procedente, para condenar a ré a indenizar-me pagando em meu favor a importância de R$ 3.030,00 (três mil e trinta reais), acrescida de juros e correção monetária, correspondendo a valor igual ao dobro do que paguei em excesso.

Pretende provar (...)

Dá-se a causa a quantia de *R$ 3.030,00 (três mil e trinta reais), acrescida de juros e correção monetária.*

Nestes Termos
Pede Deferimento
Brasília/DF, 06 de outubro de 2006.

____
(assinatura)

No dia quatro de dezembro de dois mil e seis, segunda-feira, comparecemos à Audiência de Conciliação, eu e o gerente da

"Carros Zero Ltda.". Este foi sucinto, entregou uma pasta com documentos à conciliadora e disse em nome da empresa que não haveria nenhuma indenização. A conciliadora fez a transcrição e encerrou a Audiência de Conciliação, marcando a data da Audiência de Instrução e Julgamento para o dia oito de maio de dois mil e sete.

Ocorreu um fato novo

No dia oito de maio de dois mil e sete, terça-feira, a empresa enviou uma advogada. Antes do início da Audiência, o escrivão nos perguntou se havia uma proposta de acordo no que foi prontamente respondido pela advogada que sim. Ela ofereceu R$ 1.000,00 (mil reais) e eu aceitei. O prezado leitor está se perguntando: "Mas a caução não foi de R$ 1.515,00 (um mil quinhentos e quinze reais)? Então, por que aceitou um valor menor?" Explico: tive medo! Por quê? Precisava do dinheiro e correria o risco de o juiz julgar procedente a aplicação da multa e eu perderia tudo. Por fim, mesmo com o acordo, tem que haver a *pro forma*, a sentença.

PODER JUDICIÁRIO
JUSTIÇA DO DISTRITO FEDERAL

QUINTO JUIZADO ESPECIAL CÍVEL DA CIRCUNSCRICÃO JUDICIARIA DE BRASÍLIA

Processo n. 2006.01.1.1.196446-10 Rescisão de Contrato
Parte requerente: Ibenilson Antonio da Silva CPF n. 800.000.800-46
Adv. Parte requerente: sem informação de advogado.
Parte requerida: Carros Zero Ltda, CGC n. 00.698.234/0001-10
Adv. Parte requerida: Maria Socorro Vieira, OAB/DF 82.195

ATA DE AUDIÊNCIA DE INSTRUÇÃO E JULGAMENTO

Aos 08 dias do mês de maio de dois mil e sete, às 15h, nesta cidade de Brasília, Capital da República Federativa do Brasil, e na sala de audiência deste Juízo, presente a Juíza de Direito

Substituta SARAH MCLACHLAN SILVEIRA, foi aberta a audiência de instrução e Julgamento nos autos da ação em referência.

Aberta a audiência, presente o autor e advogada da ré.

Tentada nova conciliação, esta se deu da seguinte forma: **a-** para por fim ao litígio, a empresa ré pagará ao autor, a título de acordo, a quantia de R$ 1.000,00 (mil reais), até o dia 18/05/2007; **b-** o pagamento será feito mediante depósito na conta corrente n. 18746-9, agência 3602-5, do Banco S/A, de titularidade do requerente, CPF n. 800.000.800-46, valendo o recibo de depósito como quitação do acordo; **c-** em caso de inadimplência, incidirá multa de vinte por cento sobre o valor do acordo, correção monetária pelos índices do TJDF e juros moratórios de um por cento ao mês; **d-** com o presente acordo as partes dão plena e total quitação quanto ao objeto da demanda, nada mais tendo a reclamar a respeito.

Pelo juízo foi proferida a seguinte sentença: "Vistos etc. Dispensado o relatório, na forma do art. 38, caput, da Lei n. 9.099/95. Homologo o presente acordo para que produza seus jurídicos efeitos, inclusive o de lhe conferir a exeqüibilidade (art. 22, parágrafo único, da Lei 9.099/95). Julgo extinto o processo com apreciação do mérito, nos termos do art. 269, inciso III, do CPC. Sem condenação em custas e honorários de advogado (art. 55 da Lei dos Juizados Especiais). Sem recurso (art. 41 da Lei 9.099/95). Dê-se baixa na Distribuição e arquivem-se os autos. Publicada em Audiência, ficam as partes intimadas da sentença prolatada. Os documentos foram entregues as partes, as quais concordam e dão quitação neste ato".

Nada mais havendo, encerrou-se o presente termo. Eu, Brasília, 27 de setembro de 2004.

MM. JUIZ:

Houve época em que para o jovem ingressar no mercado de trabalho precisava ter curso de datilografia. Estou falando do final dos anos oitenta. Para recompensar minhas filhas pelos bons resultados obtidos nos estudos, saí à procura de um novo computador. O que possuíamos não estava atendendo às nossas necessidades. Pesquisei em várias lojas, até que encontrei um de marca e modelo ideais.

Lá estava exposto na prateleira o computador e colado na frente da máquina, escrito com letras enormes, um papel contendo: oferta, HD 80GB. Olhei a máquina e percebi que na etiqueta do fabricante, colada na parte lateral, as características eram diferentes, ou seja, HD 40GB. Estávamos no ano de dois mil e seis. Procurei a revendedora para dirimir a dúvida e ela acessou o sistema da loja, aquele através do qual, quando realizada a compra, faz-se a baixa na mercadoria e emite-se a nota fiscal – o faz tudo.

– Senhor, o papel foi colado na máquina errada, mas o valor da oferta é para o computador com o HD 80GB.

Agradeci. Informei que estava fazendo uma pesquisa de preço e condições de pagamento e que, não encontrando outra oferta que cobrisse a oferecida por ela – valor dividido em dez vezes no cartão sem juros –, eu retornaria.

Continuei a pesquisa. Acessei, inclusive, o sítio da loja na internet, onde encontrei uma oferta melhor, na qual, além do HD 80GB, era ofertado o monitor LCD. O exposto na loja era do tipo "Tubo de Raios Catódicos", mais conhecidos como "Monitores CRT", semelhante ao de uma TV, mas cujo objetivo é servir de meio de comunicação visual entre o computador e o usuário.

Como eu queria o computador no ato da compra, retornei à loja. Procurei a mesma vendedora, certifiquei-me mais uma vez sobre as características da máquina que, de imediato, foram confirmadas no sistema da loja. Decidi comprar.

– Senhor, aguarde aqui que eu irei ao depósito buscar o computador.

Passaram-se dez, vinte, trinta minutos, até que finalmente a vendedora voltou com o computador. Ao olhar a caixa, percebi que as características estavam diferentes, ou seja, HD de 40GB. De imediato, reclamei. E obtive a seguinte resposta:

– Senhor, só tem HD de 40GB.

– Antes de comprar confirmamos no sistema todas as informações, aguardei meia hora e agora você me traz outra máquina. Eu quero falar com o gerente.

Esperei! Esperei! Finalmente chegou o gerente, acompanhado de um segurança. Sinceramente, prezado leitor, não sei se isso já lhe ocorreu, mas acho essa uma atitude intimidadora por parte dos estabelecimentos que utilizam tal prática. E expressando arrogância, o gerente perguntou:

– Qual é o seu problema?

Não me intimidei. Expliquei o que estava ocorrendo, mostrei a pesquisa que fiz no sítio da loja na internet e disse que queria o produto. O gerente pediu que aguardasse. Foi à vendedora inteirar-se do ocorrido e retornou.

– Não temos a máquina na loja. No prazo de dez dias, a contar de hoje, o senhor irá receber o produto especificado na internet.

– Um computador com HD 80GB e monitor de LCD?

– Perfeitamente.

Acreditei no que estava ouvindo, peguei a nota fiscal e fui embora.

Uma semana depois, antes do prazo estabelecido, recebi em minha casa o computador com as características prometidas.

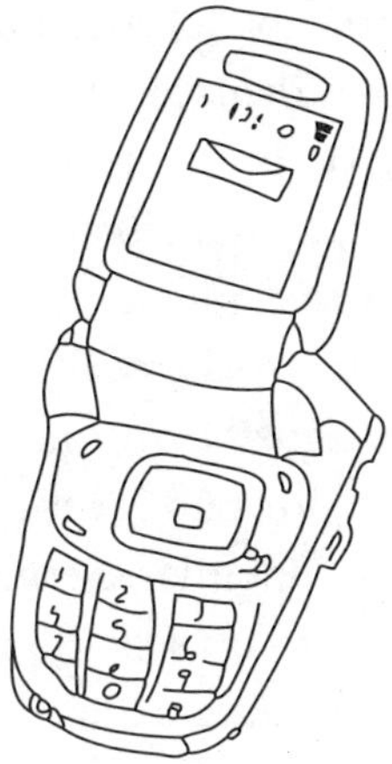

No dia dois de dezembro de dois mil e seis, sábado, minha filha mais velha, Menic, completou quinze anos. Os pais geralmente, os que podem, nesta data realizam grandes festas, baile de debutante com a tradicional valsa, quando o pai tem o privilégio da primeira dança. Para dar um brilho maior à festa, convidam e pagam, a preço de ouro, um ator de novela para dançar a valsa com a debutante.

No meu caso, o presente de quinze anos foi a nossa viagem para o Rio de Janeiro. Visitamos a família e lá, para materializar a passagem dos quinze anos, comprei um aparelho celular da marca "Fale Sempre", no valor de R$ 749,90 (setecentos e quarenta e nove reais e noventa centavos), na loja "Tudo de Bom Ltda.".

No dia treze de julho de dois mil e sete, sexta-feira, em Brasília, o celular apresentou defeito. Levei na autorizada "Celular Service", Ordem de Serviço nº 19.6446. No dia dezoito de julho, quarta-feira, liguei para a "Celular Service" e informaram-me que tinham solicitado a *troca da placa do aparelho* e que no prazo de trinta dias, a contar da data da Ordem de Serviço, caso a "Fale Sempre" não respondesse seria feita uma solicitação para a entrega de um aparelho novo.

No dia treze de agosto, sábado, encerrado o prazo de trinta dias e por não receber nenhuma informação, liguei para a "Celular Service" para saber sobre a solução do problema e se a solicitação de troca do aparelho tinha sido enviada para a "Fale Sempre". Afirmaram que tinham enviado a solicitação e que no prazo de setenta e duas horas eles obteriam a resposta quanto à troca do aparelho.

No dia dezesseis de agosto, quinta-feira, encerrado o prazo das setenta e duas horas e por não receber nenhuma informação, liguei novamente para a "Celular Service". Disseram-me que tinha acontecido um engano, ou seja, o prazo não seria de setenta e duas horas, mais, sim, de uma semana. Diante da informação desencontrada por parte da "Celular Service", liguei para o Serviço de Atendimento ao Consumidor da "Fale Sempre Ltda.". O atendente Ivan informou que não existia prazo certo para a solução do problema e que, talvez em oito dias úteis, enviariam uma resposta para a "Celular Service".

No dia dezoito de agosto, sábado, fui à "Celular Service" e não obtive nenhuma solução do problema.

No dia vinte e três de agosto, quinta-feira, liguei para o Serviço de Atendimento ao Consumidor da "Fale Sempre Ltda.". Após ser atendido por três pessoas diferentes, o último me informou que enviariam uma carta-proposta para a "Celular Service".

O prezado leitor deve se lembrar quando mencionei que "(...) em todo o momento é dada a oportunidade a quem cometeu o erro em corrigi-lo"; justamente para ir ao encontro de: "(...) coibir enriquecimento sem causa por parte de quem quer que seja". Mas paciência tem limite! E sendo assim, no dia vinte e quatro de agosto, sexta-feira, protocolei no Juizado Especial mais uma Redução a Termo ou Inicial, palavra de uso dos advogados.

Antes, há um fato importante na parte do requerido. Eu citei os três, ou seja, o vendedor "Tudo de Bom Ltda.", o fabricante "Fale Sempre Ltda." e a autorizada "Celular Service".

Ante o exposto, requer: (...)

c) seja o presente pedido julgado procedente, para condenar a ré a indenizar-me pagando em meu favor a importância de *R$ 7.000,00 (sete mil reais), acrescida de juros e correção monetária, correspondendo a R$ 1.499,80 (mil quatrocentos e noventa e nove reais e oitenta centavos) valor em dobro da aquisição do celular e R$ 5.500,20 (cinco mil e quinhentos reais e vinte centavos) por danos morais.*

Pretende provar (...)

Dá-se a causa a quantia de *R$ 7.000,00 (sete mil reais), acrescida de juros e correção monetária.*

Nestes Termos

Pede Deferimento

Brasília/DF, 24 de agosto de 2007.

____

(assinatura)

No dia quinze de outubro de dois mil e sete, segunda-feira, comparecemos à Audiência de Conciliação, apenas eu e o preposto da "Tudo de Bom Ltda.". A tentativa de conciliação mostrou-se infrutífera, assim, foi designada a Audiência de Instrução e Julgamento para o dia seis de maio de dois mil e oito.

Neste dia, só eu compareci.

PODER JUDICIÁRIO
JUSTIÇA DO DISTRITO FEDERAL

SEXTO JUIZADO ESPECIAL CÍVEL DA CIRCUNSCRICÃO JUDICIARIA DE BRASÍLIA

Processo n. 2007.01.1.1.199034-1 Indenização
Parte requerente: Ibenilson Antonio da Silva CPF n. 800.000.800-46
Adv. Parte requerente: sem informação de advogado.
Parte requerida: "Fale Sempre Ltda." e outros.

ATA DE AUDIÊNCIA DE INSTRUÇÃO E JULGAMENTO

Aos 6 de maio de 2008, à hora designada, na Circunscrição Judiciária de Brasília/DF, e na sala de audiência deste Juízo, presente o MM. Juiz de Direito, CELSO MARCELO LUIZ DO CARMO, foi aberta a audiência de instrução e julgamento, nos autos da ação supra. Feito o pregão, dentro das formalidades legais, a ele respondeu SOMENTE O AUTOR, AUSENTES OS REUS. Em seguida foi proferida a seguinte SENTENÇA, às 17:47 horas "Vistos etc. Decreta a revelia do primeiro e segundo réus, FALE SEMPRE LTDA e CELULAR SERVICE, às fls. 46, conquanto regularmente intimada da data designada para a audiência e, ainda, devidamente advertida das conseqüências jurídicas da revelia – artigo 20 da Lei 9.099/95 – deixaram de comparecer. Sendo assim, e considerando que os elementos constantes dos autos são compatíveis com os efeitos da revelia, isto é, ao reconhecimento, como verdadeiros, dos fatos alegados na inicial. Todavia, tratando-se de vício do produto, uma vez identificado o fabricante, não obstante presente os efeitos da revelia, elide a responsabilidade do fornecedor, terceiro réu, TUDO DE BOM LTDA, também não havendo que se falar em responsabilidade da assistência técnica, segundo réu, CELULAR SERVICE, devendo, portanto, a responsabilidade da assistência recair sobre o primeiro réu FALE SEMPRE LTDA. Neste contexto, no que se refere aos danos morais, considerando a privação do uso do aparelho celular por cerca de um ano e se tratando de bem que induz conforto, segurança e comodidade, entendo que a privação do seu uso e gozo é passível de reparação por danos morais e, ainda, que até a presente data o aparelho não foi devolvido para o autor, fixo a quantia de R$ 1.500,00, a título de danos morais, ser acrescida do valor relativo de restituição do importe de R$ 749,90, deixando de aplicar a restituição em dobro, eis que inaplicável na espécie dos autos a incidência do artigo 42 do CDC. Isto posto, JULGO PARCIALMENTE PROCEDENTE O PEDIDO para condenar a PRIMEIRA RÉ, TUDO DE BOM LTDA. a pagar à parte autora a importância de R$ 2.249,90 (DOIS MIL, DUZENTOS E QUARENTA E NOVE

REAIS E NOVENTA CENTAVOS), acrescida de juros de mora de 1% ao mês a partir da data da citação, mais correção monetária. Nesta ocasião, a parte vencedora fica intimada a comparecer em cartório, no prazo de 15 dias, manifestar seu interesse na execução ou tomar ciência da existência de recurso, para providenciar, através de advogado, as contra-razões ao eventual recurso. Sem custas. Sem honorários. Sentença publicada em audiência. Intimado(s) o(s) presente(s). Registre-se com as cautelas legais. Nada mais havendo, mandou o MM. Nada mais havendo, encerrou-se o presente termo.

MM Juiz:

E neste caso, qual a pendência?

Prezado leitor, alerto que a cada assunto há um aprendizado. Lembra-se do caso da barra de cereal? A pendência foi do Oficial de Justiça entregar a intimação, ação que só ocorreu após diversas ligações para a cidade de Trigueira, no Paraná. Bem, neste caso, desde o dia seis de maio de dois mil e oito acompanhei o processo pela internet. O requerente tem esta ferramenta sem precisar comparecer ao Juizado.

E segue o acompanhamento: 06/05/2008 282 Audiência realizada; 06/05/2008 135 Sentença proferida; 06/05/2008 245 Autos agd publicação de despacho no dje; 09/05/2008 135 Sentença proferida; 09/05/2008 245 Autos agd publicação de despacho no dje; 15/05/2008 360 Autos aguardando trânsito em julgado; 16/05/2008 234 Autos aguardando providências; 23/05/2008 443 Certidão proferida; 23/05/2008 405 Autos no escaninho aguardando remessa ao contador; 28/05/2008 098 Autos a serem remetidos para o contador; 28/05/2008 398 Autos no contador; 04/06/2008 399 Autos a serem remetidos do contador para o cartório; 05/06/2008 234 Autos aguardando providências; 12/06/2008 479 Documento expedido; 12/06/2008 443 Certidão proferida; 12/06/2008 064 Autos aguardando expedir carta de intimação; 13/06/2008 234 Autos aguardando providências.

Este último ponto despertou minha atenção. Que providências? Fui ao Juizado saber. Olha que interessante. No dia vinte e quatro de agosto de dois mil e sete, quando entrei com a ação, o endereço que forneci da "Tudo de Bom Ltda." foi o que encontrei na caixa do aparelho celular. Mas esse endereço não existia, por isso a "Tudo de Bom Ltda." não compareceu à Audiência de Conciliação e, portanto, não foi intimada. E em uma situação dessas, o que fazer? Cabe ao requerente o preenchimento correto do endereço da requerida.

– Como resolver esta pendência? – perguntei ao funcionário do Judiciário.

– Só na Secretaria da Receita Federal que o senhor pode conseguir.

Saí do Juizado no SIA, entrei no carro rumo à Receita Federal – Centro de Atendimento ao Contribuinte, localizado no SAS, Qd. 03, Bloco O, térreo. Sem saber como desvendar o mistério. O que perguntar. Por fim, peguei uma senha. Graças a Deus, o funcionário que me atendeu vasculhou no sistema e encontrou o endereço da fábrica, imprimiu o Comprovante de Inscrição e de Situação Cadastral. Peguei o documento e levei ao Juizado Especial.

E assim o processo seguiu: 19/06/2008 393 Autos com o funcionário para Bacen-Jud.

Todavia um esclarecimento se faz necessário:

Ganhar uma ação em última instância não quer dizer que o consumidor vai receber sua indenização na hora. Mas agora ficou muito mais fácil obter os recursos. A fase de execução de uma ação – quando o credor é obrigado a pagar o valor determinado na última sentença – levava, no Juizado Especial Cível, de seis meses a um ano, porque era necessário bloquear bens do devedor e ameaçar levá-lo a leilão para que a ação fosse paga, mesmo que a ré fosse uma empresa com muito dinheiro, como os bancos. Agora, com a recente mudança trazida pela Lei nº 11.232/05, esse prazo caiu para menos de quatro meses. O Tribunal de Justiça fez um convênio com o Banco Central para a utilização do sistema Bacen-Jud, que permite a penhora *on-line* dos valores em execução na conta-corrente ou de investimento dos devedores, bloqueando um montante que cubra a condenação e os honorários advocatícios.

Para que seja feita a execução, o autor tem de ir ao cartório judicial pedir que seja feita a certidão do processo para a execução da sentença. Em seguida, o juiz titular do juizado entra no sistema do Bacen-Jud. Foi assim que ocorreu neste caso, diferentemente da ação contra a "Saúde Total Alimentos S. A.", quando o devedor teve que ser citado pessoalmente por oficial de Justiça para pagar a dívida em 24 horas. Com o advento da Lei nº 11.232/05, o devedor não é mais citado, apenas intimado pela imprensa oficial, por seu advogado, para fazer o pagamento.

Continuando no acompanhamento do processo: 04/08/2008 614 Solicitação de bloqueio efetuada – Bacen-Jud; 20/08/2008 423 Decisão Interlocutória proferida; 20/08/2008 245 Autos agd publicação de despacho no dje; 21/08/2008 064 Autos aguardando expedir carta de intimação; 26/08/2008 244 Autos agd vencimento de prazo para o réu; 25/09/2008 355 Autos aguardando providências da secretaria; 26/09/2008 119 Autos conclusos ao juiz para despacho; 26/09/2008 442 Despacho proferido; 26/09/2008 245 Autos agd publicação de despacho no dje; 29/09/2008 264 Autos aguardando expedir alvará; 01/10/2008 479 Documento expedido:

Poder Judiciário da União
Tribunal de Justiça do Distrito Federal e Territórios
Sexto Juizado Especial Cível da Circunscrição Especial Judiciária de Brasília
Circunscrição Especial Judiciária de Brasília

ALVARÁ DE LEVANTAMENTO

Processo: 2007.01.1.1.199034-1
Ação: CUMPRIMENTO DE SENTENÇA CÍVEL
Requerente: IBENILSON ANTONIO DA SILVA

O Doutor CELSO MARCELO LUIZ DO CARMO, Juiz de Direito do Sexto Juizado Especial Cível da Circunscrição especial Judiciária de Brasília, na forma da lei, etc.

AUTORIZA, ao ilustríssimo Senhor Gerente do BANCO S/A, Agência 3636-2, ou quem suas vezes fizer, a entregar ao(à) Requerente; IBENILSON ANTONIO DA SILVA, CPF Nº 800.000.800-46, profissão; endereço, a importância de R$ 2.814,94, com os devidos acréscimos legais, depositada à disposição deste Juízo, no processo em referência, na conta denominada "Depósitos Judiciais", mediante bloqueio pelo BACENJUD, protocolo nº 200800011234567. O presente alvará é expedido em virtude de a parte interessada ter requerido o levantamento da importância depositada. Dado e passado nesta cidade, Brasília-DF, quarta-feira, 01/10/2008 às 19h21.

Eu, SARAH GERRARD ZIMMER FERREIRA, diretora de secretaria, o subscrevo.

No dia dois de outubro de dois mil e oito, compareci à agência bancária e saquei R$ 2.814,94 (dois mil oitocentos e quatorze reais e noventa e quatro centavos).

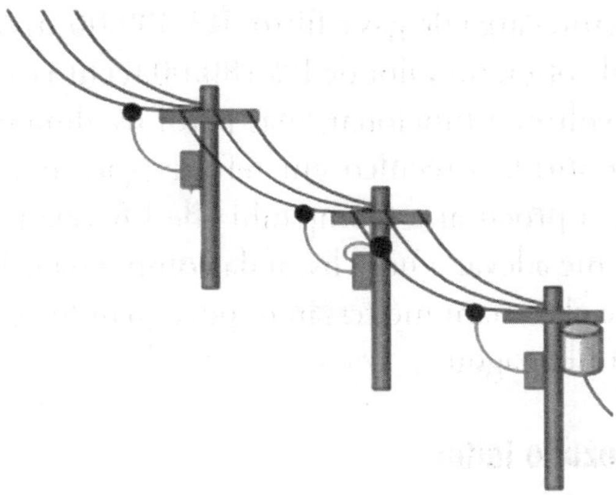

A queda de energia – apagão – é sorte ou azar? Sorte! Você ficou às escuras por algum tempo. Na primeira vez, reuniu todos na sala e ficaram olhando as estrelas pela janela; na segunda vez, estava preparado, foi até o armário e pegou a lanterna. E por que não falar das milagrosas velas que deixo no canto do armário para essas surpresas? Mas isso é masoquismo.

O cidadão deixa de realizar suas tarefas diárias por culpa da má gestão do Estado, que terceiriza, entrega à iniciativa privada, serviços essenciais e a empresa não faz os investimentos de melhoria que, com certeza, está em alguma cláusula da concessão. No final, o culpado, quando a luz acaba, é o raio, e olha que tem raio caindo duas vezes no mesmo lugar. Azar!

Quando a energia é restabelecida, o cidadão observa que a geladeira parou de funcionar, queimou. E, para piorar, no dia anterior havia feito as compras do mês, aproveitando as famosas promoções, entre elas a da carne. Olha o desespero. Pede socorro ao vizinho? Mas o vizinho não tem espaço em sua geladeira. Vivi isso no dia vinte e cinco de agosto de dois mil e sete, sexta-feira. A primeira coisa que fiz no dia seguinte foi chamar um técnico em refrigeração para o mais rápido possível resolver o problema. Não foi tão simples. Havia a necessidade de comprar um novo motor.

Troca do motor, carga de gás e filtro: R$ 300,00 (trezentos reais), mais a mão de obra, no valor de R$ 180,00 (cento e oitenta reais). A geladeira voltou a funcionar, mas perdi os alimentos que nela ficaram. Por sorte, o técnico em refrigeração, o senhor Paulo, orientou-me a procurar a Companhia de Energia para reclamar. Aconselhou-me a levar a nota fiscal da compra da geladeira e a do prejuízo, que eles iriam me ressarcir, pois quando aconteceu com ele a companhia pagou.

Observe, prezado leitor:

Você tem que encontrar a nota fiscal do aparelho em seu nome para provar que é seu, por isso deve ter em seu armário uma pasta para guardar notas fiscais e manuais de todo e qualquer aparelho que adquirir, a não ser que você administre riqueza: queimou, compra um novo.

Geladeira funcionando, restava recuperar o prejuízo

No dia onze de setembro, terça-feira, compareci ao Núcleo de Relações Comerciais da Companhia de Energia. No balcão de atendimento, expliquei o que tinha ocorrido e o funcionário montou um processo com a nota fiscal de compra do aparelho, a nota fiscal da assistência técnica e a ficha de Solicitação de Reparação de Danos, que ele digitou. Essa ficha contém: dados do cliente, dados da ocorrência, descrição sucinta da ocorrência.

> "*CLIENTE SOLICITA RESSARCIMENTO DE DANOS DEVIDO ÀQUEDA DE ENERGIA ELÉTRICA OCORRIDA NO DIA 25/08/07. CLIENTE ENTROU EM CONTATO COM 0800 PARA REGISTRAR A QUEDA DE ENERGIA.*"

São necessários também a relação do(s) equipamento(s) danificado(s), a documentação apresentada e opções de recebimento, para o que forneci os dados bancários para receber por Ordem de Crédito. Feito isso, é só acompanhar, pela internet, a análise técnica da solicitação. No prazo de aproximadamente trinta dias, é dada uma resposta e, sendo o pleito deferido, é feito o depósito na conta-corrente.

Entretanto, passaram-se sessenta dias e não recebi nenhuma informação da Companhia. No dia treze de novembro, terça-feira, encaminhei um *e-mail* à Ouvidoria:

> *"Estou indignado. No dia 11 de setembro de 2007, entrei com o pedido de ressarcimento (Protocolo 120435962). Acesso a internet, mas não aparece a solução. Ligo 0800610121, idem. Para variar, no domingo passei pelo mesmo problema de queda de energia. Cadê o respeito ao consumidor???? Compareci à empresa, apresentei a nota fiscal. Mais de dois meses se passaram e não têm resposta? Deve ser o número de reclamações!"*

Resposta da ouvidoria:

> *"Prezado Sr. Ibenilson,*
>
> *O Gestor do Núcleo Operacional de Centros de Contato com o Cliente da companhia informa que foi concluída a análise técnica da solicitação protocolada pelo cliente. O pleito foi deferido, por favor aguardar carta-resposta."*

No dia dezessete de novembro, sexta-feira, recebi uma carta do Núcleo Executivo de Relações Comerciais:

"Prezado(a) cliente,

Em atenção à sua solicitação de ressarcimento de danos elétricos, na qual é apontado o período de 25/08/2007 a 25/08/2007 como o da ocorrência envolvendo o sistema elétrico que atende à sua unidade consumidora, informamos abaixo.

Após a análise do fato, chegamos à conclusão que os danos foram decorrentes de falhas no sistema de distribuição de energia elétrica desta Companhia.

Como ocorre com os demais concessionários do setor elétrico, compete à Companhia assumir a responsabilidade por tais danos, desde que tenham sido causados por defeitos originados na rede elétrica, sejam eles por falta de manutenção ou operação indevida por parte de seus empregados. Portanto, como os documentos encaminhados e recebidos estão de acordo com nossas exigências, informamos que estamos tomando as providências para a efetivação de ressarcimento.

Esclarecemos que o crédito será efetuado na conta-corrente do titular da reclamação. Se não foi informada uma conta-corrente, o crédito se dará em forma de cheque administrativo.

Em caso de dúvidas ou questionamentos, ligue para o telefone 0800610121.

Atenciosamente,
Núcleo Executivo de Relações Comerciais."

No dia dezenove de novembro, segunda-feira, os R$ 480,00 (quatrocentos e oitenta reais) estavam na minha conta.

No dia nove de outubro de dois mil e oito, aconteceu um fato importantíssimo. Minha filha Menieny, estudante da quarta série do ensino fundamental, trouxe para casa sua prova de matemática. O texto principal da prova, segundo a professora, foi extraído da revista *Recreio* e a cada página, no total de seis, tanto no cabeçalho quanto no rodapé, foram usadas frases complementando o assunto. Em síntese, segue o que li e achei importantíssimo.

"Escola Classe
Data:
Nome:
Professora:
Série: 4ª　　Turma: C　　Turno: vespertino

Os direitos do consumidor

Sempre que alguém compra algo ou paga por um serviço, está protegido pelo Código de Defesa do Consumidor, um conjunto de leis que deve ser respeitado pelos comerciantes. Todos precisam conhecer esses direitos para comprar bem.

Para começar, fique esperto e não compre tudo que encontrar. Pense antes de gastar. Às vezes, vale à pena planejar e juntar um pouco mais para adquirir algo realmente legal. E, quando resolver comprar alguma coisa, compare os preços. Com isso, você realmente pode economizar muito.

É importante também sempre pedir a nota fiscal. Ela é garantia de que o comerciante vai pagar impostos e de que você poderá fazer uma troca, se necessário.

Até na hora de passear lembre-se de seus direitos. Se for a um parque, por exemplo, peça a seus pais que vejam se o seu lugar é seguro e se não há brinquedos quebrados. Se você tiver até 12 anos, quando for ao cinema, teatro ou show, pode pagar meia-entrada. É só apresentar sua carteira de identidade.

E não é só você que tem direitos. Quem vende, também. Não adianta querer trocar algo um tempão depois da compra. Assim como não vale tentar trocar uma peça usada porque você não gosta mais dela.

Quando acompanhar seus pais nas compras, preste atenção nos rótulos. Eles devem ter informações completas sobre a composição dos produtos, a data de fabricação e a validade. Ao comprar um aparelho, como uma TV, peça ao vendedor para fazer um teste.

Serviço é o que você paga para ser feito, como consertar aparelhos eletrônicos, ter um plano de saúde, cortar o cabelo, construir uma casa, lavar um carro etc.

Confira sempre o troco.

Consumidor – pessoa ou empresa que compra ou usa um produto ou serviço.

Todos têm direito de ser bem atendidos quando vão às compras.

Se uma loja ou prestador de serviço não respeitar seus direitos, procure instituições de ajuda ao consumidor, como o Procon."

Prezado leitor, a professora plantou uma semente, cumpriu com sua "*função social*". Esta obra também tem esse objetivo, o da função social. Por diversas vezes, relatei esses casos a companheiros de trabalho, na fila de espera do Procon, a vizinhos, enfim, sempre tentando passar minhas experiências e orientar como proceder. Lembro-me de um colega de trabalho que estava hospitalizado, vítima de um acidente envolvendo um carro que, descontrolado, bateu em sua motocicleta. Quando fui visitá-lo, e presenciei a gravidade das fraturas na perna, todos aqueles parafusos, e escutei a explicação dele próprio de que na parte interna tinham consertado o osso com uma lâmina de metal,logo indaguei:

– Sabia que essa cirurgia lhe dá o direito de receber a indenização do seguro DPVAT (Seguro Obrigatório de Danos Pessoais Causados por Veículos Automotores de Via Terrestre)? E mais, aquele seguro de vida que você paga, o do "Viver mais Seguros S/A", também lhe dá direito a uma indenização. Você fraturou o osso e terá permanentemente um pedaço de metal na perna.

Ele me ouviu atentamente e, tão logo pôde, juntou a documentação e requereu as indenizações. Prezado leitor, acredite, ele recebeu as indenizações e eu, nem um obrigado. Isso me traz à lembrança uma passagem bíblica: *"Guardai-vos de exercer a vossa justiça diante dos homens, com o fim de serdes vistos por eles; doutra sorte não tereis galardão junto de vosso Pai celeste. Quando, pois, deres esmola, não toques trombeta diante de ti, como fazem os hipócritas, nas sinagogas e nas ruas, para serem glorificados pelos homens. Em verdade vos digo que eles já receberam a recompensa. Tu, porém, ao dares a esmola, ignore a tua esquerda o que faz a tua direita; para que a tua esmola fique em segredo: e teu Pai que vê em segredo, te recompensará* (Mt 6: 1 a 4).*"* Amém! O livro é a recompensa de Deus.

Nessas minhas idas ao Procon, onde é comum ter filas, estar sempre cheio, aproveito para ler o que eles disponibilizam na sala de espera. É oportuno citar um *folder*, entre outros, pois este é especial, pois conta a história dos direitos do consumidor:

"A HISTÓRIA DOS DIREITOS DO CONSUMIDOR

A proteção aos direitos do consumidor remonta à Antiguidade. Os primeiros registros datam do século XVIII a.C. É dessa época, por exemplo, o Código de Hamurabi, da Babilônia, documento que trata, entre outros assuntos, do ressarcimento ao proprietário de casas mal-construídas.

Ao longo dos séculos, as relações de consumo cresceram em complexidade, culminando com a criação do Dia dos Direitos do Consumidor, criado pelo presidente dos Estados Unidos John Fitzgerald Kennedy. A partir dessa data, ficaram consagrados: o direito à segurança, à informação e à opção de ser ouvido.

No Brasil, a defesa dos consumidores, estabelecida nas leis, data de 1840. As relações de consumo brasileiras ganharam impulso nos anos 1930 e 1950, quando a população foi às ruas protestar contra a falta de produtos e aumento de preços. Em 1976, surgiu o primeiro Procon do País, em São Paulo. Já em 1986, foi criado o Procon-DF. A partir daí, várias entidades civis se organizaram em defesa dos direitos do consumidor. Em 1987, foi fundado o Instituto Brasileiro de Defesa do Consumidor (Idec).

A evolução na conquista do respeito aos direitos do consumidor teve seu ponto alto com a Constituição Federal de 1988, que contempla, pela primeira vez na história jurídica, os direitos do consumidor. Desde então, direitos foram regulamentados, responsabilidades definidas e a proteção dos consumidores, garantida. Tudo para você ter total liberdade para exercer as suas escolhas. Por isso, é tão importante estar sempre bem informado."

Agora, o leitor sabe o que me levou a escrever

Vai chegar um tempo em que não vou me lembrar mais dos detalhes de cada assunto. A idade está chegando. Deixar o registro é a melhor forma que encontrei para transmitir o que vivi e penso, fazendo com que as pessoas passem a exigir seus direitos. E funciona.

Outro dia, minha esposa comprou um par de sandálias em uma loja que estava em liquidação, pois não esqueçam: difícil é administrar pobreza. Em casa, olhando com mais calma, encontrou um defeito. No dia seguinte, compareceu à loja para efetuar a troca. A gerente da loja não atendeu ao pedido, alegando que na nota existia a informação de que não seriam efetuadas trocas de produtos.

Mas na nota não tinha essa informação. Como não houve negociação, minha esposa foi ao Procon solicitar o cancelamento da compra e o ressarcimento do valor pago. Dois dias depois, ela recebeu uma ligação da gerente da loja para devolver a sandália e receber a restituição do valor pago.

> *(...) Começar a escrever tal dissertação ou tese, um sofrimento que se arrastava indefinidamente, para além dos prazos e ameaças. Muito herói tombava a caminho, renunciando a seus anseios. Comecei então a perceber a inutilidade de tanto sofrimento. Por que não dispensar tanta preparação, enfrentando de cara a folha em branco, começando a escrever escrevendo, segundo a sabedoria do aprender fazer fazendo? (MARQUES, Mário, 2008, p. 20).*

Meu sofrimento não está atrelado ao prazo, por não se tratar de uma dissertação ou tese, mas à necessidade de contribuir com o cidadão comum, aquele desinformado, como o próprio texto do *folder* deixa claro: "(...) é tão importante estar bem informado".

E que ele acredite nos seus direitos e lute, pois, do contrário: nossas malas continuarão desaparecendo em rodoviárias e aeroportos; os supermercados continuarão comercializando produtos com validade vencida; continuaremos ingerindo vidro, arames e outros produtos impróprios para o consumo e, mesmo notificados, revendedor e fabricante permanecerão insensíveis; permanecerá a necessidade de o Estado proibir a venda de determinado veículo, por tratar-se de risco para os consumidores, para que, diante desta medida, a montadora realize um *recall* (convocação que o fabricante ou distribuidor faz ao consumidor, para retorno de produto vendido, no qual se descobriu, posteriormente, defeito ou problema).

Com certeza, o prezado leitor está se perguntando sobre o título da obra

Cadê a pizza? Vou lhe passar a receita: um ovo; quatro xícaras de trigo; duas colheres de margarina; um copo de leite morno – o de requeijão, que depois de lavado fica uma beleza – e um envelope de fermento biológico. Misture tudo em uma vasilha, sove, cubra a vasilha com um pano e ponha para descansar. Quanto tempo? Tem um macete. Retire um pedacinho (uma bolinha de massa) e coloque em um copo com água. A bolinha de massa vai afundar. Após algum tempo a bolinha irá subir à superfície. Esse é o tempo de descanso. Estique a massa com um rolo, ou, se você tiver máquina, use-a.

Com essa receita você fará duas pizzas tamanho família. Acredite, a massa fica muito gostosa. O recheio fica por sua conta:

mala, alianças, barras de cereais, bicicletas, carros. Um recheio especial.

A expressão "acabar em pizza" tem sido utilizada todos os dias no Brasil, mais precisamente relacionada a fatos que acontecem na capital federal, onde corrupção e descaso com verbas públicas frequentemente resultam na mais sofisticada impunidade. Porém, o "tudo acaba em pizza", que hoje está intimamente ligado à área política, teria começado mesmo na área dos esportes. Diz a lenda que, certo dia, houve uma calorosa discussão entre diretores do clube do Palmeiras, em São Paulo. Depois da reunião, todos, parecendo alheios à briga, foram a uma pizzaria e deixaram a confusão para trás.

Assim, a malfadada expressão ficou associada a escândalos, golpes, fraudes, deslizes, desmandos e tantas outras mazelas protagonizadas por nossos políticos. O corporativismo existente entre os homens públicos faz com que ninguém seja punido. A situação permanece igual e a população continua a ser tratada com descaso.

Nessa minha caminhada, se eu aceitasse os aborrecimentos, dissabores, mágoas, irritações que tive – ou seja, se comesse as pizzas –, certamente não teria escrito este livro e, por outro lado, não aceitando e insatisfeito com o viver em sociedade, me restaria mudar para um lugar onde não existisse nada disso. A lua.

A ideia de morar na lua surgiu por causa de meu chefe. Toda vez que algum funcionário chegava de mau humor ao trabalho, provocado por algum dissabor sofrido, e começava a reclamar, ele ouvia o funcionário e depois encerrava dizendo:

– Oh! Camarada! Só tem uma solução pra isso, é morar na lua. Você não vai ter vizinho, supermercado, *shopping center*, nada.

Acredite! Mantenha-se informado. Acompanhe os noticiários no rádio e na televisão, leia jornais, revistas, livros, o Código de

Defesa do Consumidor. Não fique comendo "pizzas" e nem tente ir "morar na lua". Faça o que fiz, busque o Procon, a Decon e o Juizado Especial, onde sempre existirá um funcionário para orientá-lo. E mesmo que a sentença não atenda à quantia solicitada, não desanime: você fez a sua parte, buscou seus direitos, e o infrator dispôs de tempo, muitas vezes precisou contratar advogados para se defender. Isso é importante. Quanto maior for o número de ações nos Juizados Especiais, mais as empresas terão de mudar a postura de descaso frente ao cliente e prestar um bom serviço. Na página do TJDF, no *link* Ouvidoria, tem os seguintes dizeres:

> "*Aqui trabalham pessoas que acreditam no Direito e na Justiça e que se empenham para dar aos cidadãos a esperança de um Poder Judiciário eficiente e transparente.*"

Eu acredito.

Sim! De novo o "Boas Compras"

No dia cinco de junho de dois mil e oito, recebi a fatura do cartão do "Supermercado Boas Compras" no valor de R$ 5.187,95 (cinco mil cento e oitenta e sete reais e noventa e cinco centavos), com a opção do pagamento mínimo no valor de R$ 778,19 (setecentos e setenta e oito reais e dezenove centavos). Os encargos financeiros no período: 14,99 % mais IOF (Imposto sobre Operações de Crédito, Câmbio e Seguros).

No dia seis de junho de dois mil e oito, às sete horas da manhã, assim que o supermercado abriu, fui ao caixa e paguei R$ 780,00 (setecentos e oitenta reais) do valor total da fatura. Estranho foi o fato de receber neste mesmo dia a seguinte carta:

"SERVIÇO DE PROTEÇÃO AO CRÉDITO

SÃO PAULO, 06 de junho de 2008

Prezado (a) Sr. (a), IBENILSON ANTONIO DA SILVA

Atendendo ao disposto no parágrafo 2º, artigo 43, do Código de Proteção e Defesa do Consumidor, levamos ao seu conhecimento que, por solicitação da empresa associada abaixo, está sendo incluído nos arquivos do Serviço de Proteção ao Crédito / Base de Dados Centralizada que compõe a RENIC

– Rede Nacional de Informações Comerciais com abrangência nacional, o registro de obrigação de sua responsabilidade, o qual será disponibilizado para consulta após 10 (dez) dias corridos, contados a partir desta data.

Caso haja inexatidão nesta comunicação, V.S[a] poderá pleitear a sua correção junto à empresa abaixo indicada, ou à ASSOCIAÇÃO COMERCIAL DE SÃO PAULO (artigo 43, § 3º do referido Código).

NOME DA EMPRESA: SUPERMERCADO BOAS COMPRAS LTDA"

Como disse, o estranho foi receber uma correspondência que veio de São Paulo, provavelmente postada dias antes do vencimento da fatura do referido cartão.

No dia quatro de julho de dois mil e oito, ao receber a fatura no valor de R$ 5.259,21 (cinco mil duzentos e cinqüenta e nove reais e vinte e um centavos), com a opção do pagamento mínimo no valor de R$ 1.531,21 (hum mil quinhentos e trinta e um reais e vinte e um centavos), fiquei espantando. Eles não perdoam. O trator vem com tudo em cima. Nem consideraram o valor pago. Tentei ligar para a empresa, mas não consegui. Não existe um canal de negociações. O atendimento é o padrão: aperte um, aperte dois, e vai por aí. Diante do problema, procurei o Procon – DF, Espelho da FA nº 0108-015.570-9, para solicitar cálculos de quitação, ou seja, se os juros cobrados eram abusivos.

Como o setor de cálculo não entrou em contato, provavelmente em função da demanda, no dia vinte e três de julho de dois mil e oito, compareci mais uma vez ao Procon – DF para solicitar uma negociação. Foi feito um acordo: Espelho da FA nº 0108-015.506-7, cujo Débito Total, de R$ 6.129,86 (seis mil cento e vinte e nove reais e oitenta e seis centavos), foi negociado em 20 (vinte) parcelas de R$ 306,49 (trezentos e seis reais e quarenta e nove centavos), com a primeira parcela para 05/08/2008 e as demais para o prazo de 05/09/2008 a 05/03/2010.

O pagamento deveria ser, obrigatoriamente, em uma das lojas do "Supermercado Boas Compras" e o atraso em qualquer parcela geraria o cancelamento do acordo. Protocolo de Atendimento do "Boas Compras" nº 862. Diante da ameaça de cancelamento do acordo, paguei religiosamente as parcelas.

Mas no dia dezoito de fevereiro de dois mil e dez, recebi a seguinte carta:

"SERASA

COMUNICADO

São Paulo, 14 de fevereiro de 2010

Prezado (a) senhor (a),

Para preservação da qualidade e da segurança dos serviços prestados a comunidade e cumprimento do disposto no parágrafo 2º, artigo 43, da Lei nº 8.078 de 11 de setembro de 1990, comunicamos que recebemos da instituição credora, pedido de inclusão em nossos registros da(s) anotação (ões) abaixo discriminada(s), para o

Número do Documento: CPF 800.000.800-46

Correspondente ao Nome: IBENILSON ANTONIO DA SILVA
Instituição Credora: SUPERMERCADO BOAS COMPRAS LTDA
Valor da anotação: R$ 361,65
Data da ocorrência: 05/07/2008
Natureza: FINANCIAMENTO
Contrato: 1964196619911998

A Serasa aguardará pelo prazo de 10 dias, contado da postagem desta correspondência, manifestação de V. Sa. Ou da instituição credora quanto a regularização da(s) divida(s). Na ausência da manifestação, a(s) inclusão(ões) será(ão) efetuada(s).

Caso V. As. Necessite de informações adicionais ou para regularização da(s) anotação(ões), solicitamos que entre em contato com a instituição credora, no local onde mantém ou manteve relacionamento comercial/financeiro."

O leitor lembra-se do primeiro caso das alianças envolvendo o "Supermercado Boas Compras" e do completo descaso da empresa? A empresa não possibilita qualquer acordo, a não ser com a mediação do Procon-DF. Por esses impedimentos, não podendo questionar qualquer juro e taxas abusivos aplicados por parte da empresa, com a ameaça de quebra de contrato, que foi cumprido, só me restou redigir a Redução a Termo.

Ante o exposto, requer: (...)

d) seja o presente pedido julgado procedente, para condenar a ré a indenizar-me pagando em meu favor a importância *de R$ 10.000,00 (dez mil reais), acrescida de juros e correção monetária.*

Pretende provar (...)

Dá-se a causa a quantia de *R$ 10.000,00 (dez mil reais) acrescida de juros e correção monetária.*

Nestes Termos
Pede Deferimento

Brasília/DF, 05 de março de 2010

____

(assinatura)

No dia vinte de abril de dois mil e dez, terça-feira, comparecemos à Audiência de Conciliação, eu e a senhora Jacinta Ferreira das Neves, advogada do "Boas Compras". O conciliador pediu que eu contasse o que tinha ocorrido, ou seja, que eu falasse o que estava escrito no pedido de Redução a Termo, que ele não teve interesse em ler. Ao terminar, a advogada ofereceu-me a quantia de R$ 2.000,00 (dois mil reais). Não aceitei e argumentei dizendo:

– Como a empresa me oferece hoje a mesma quantia que me ofereceu há nove anos?

Então a advogada aumentou a oferta para R$ 2.500,00 (dois mil e quinhentos reais). Também recusei. Vi nos olhos do conciliador que ele não ficou satisfeito com minha decisão e ainda insistiu para que eu aceitasse e esclareceu que dificilmente o juiz aplicaria uma sentença superior ao valor oferecido. Achei estranha tal atitude. Os dez salários-mínimos me convenceriam, pois seria um valor igual ao da sentença do ano de dois mil e um. É o que eu esperava, tendo em vista a reincidência da empresa. Como não houve acordo, o conciliador fez a transcrição e encerrou a Audiência de Conciliação, marcando a data da Audiência de Instrução e Julgamento para o dia quinze de fevereiro de dois mil e onze.

Enfim...

Caro leitor, encerro aqui o nosso encontro. Se você já passou por situações semelhantes e buscou seus direitos sempre, acima de tudo dando oportunidade para que a empresa reconhecesse o erro, parabéns! Do contrário, tenho certeza que esta obra será um grande estímulo, não só para você, mas também para aqueles a quem você irá contar os fatos lidos a cada capítulo deste livro. E, quem sabe num futuro próximo, estarei lendo o seu livro. Que Deus nos abençoe.

Em apoio à sustentabilidade à preservação ambiental,
a LGE Editora declara que este livro foi impresso com
papel produzido de florestas cultivadas em áreas não
degradadas e que é inteiramente reciclável.